华夏之旅丛书

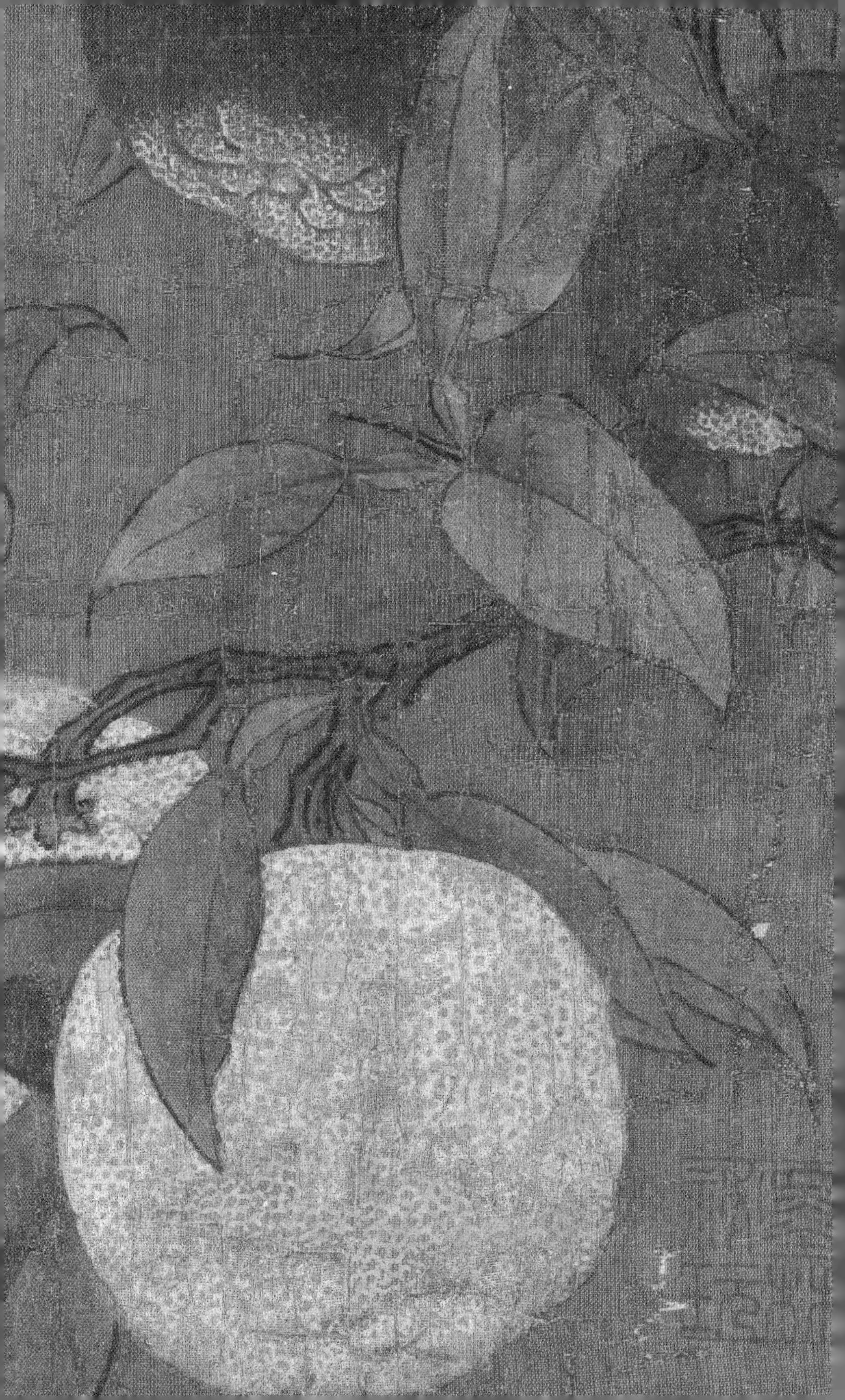

南宋 马麟 橘绿图(北京故宫博物院)

橘灯照亮家园

吉狄马加 主编

广西师范大学出版社
·桂林·

黄岩：
穿越时间的针孔（序）

吉狄马加

穿越大海的波浪
跨过黄金海岸的高度
最终黄岩山以它内在的隐秘
为你在曙光升起的时候命名

从此，青瓷的温润
降临于高塔辽阔的秋意
从此，人类最古老的生与死
更以一种东方的姿态
以无为感应道家的面具
在令人心动的温黄平原上
搭建起了梦与现实的石拱桥

在这里存在并与人
千年对望的并不只是
成千上万匆匆的过客
而是这里的生灵每一次

赋予所有生命微小的意义
已经无法去证实雅致的宋人
如何奇迹般地在窑口里
烧制出宁静如初的胎色

连接这里历史的
或许不是起伏液态的时间
而是充满了记忆的石头
所筑造而成的无数的桥洞
每一根石柱上的莲花
浮动于流水的思想与倒影
曾目睹过芸芸众生为了生存
在青铜和石头的雕像之间
留下过他们对生活的热爱

他们来自这个被称为
祖国的四面八方，他们将
传统在这里变得完整
孔子的学说在这里
被一代代孩童诵读
喧嚣与繁华毁于时间的暴力
就是庄严的殿宇也终将
褪去黄金涂抹的颜色
哦，感谢这里的一砖一瓦

它们承载着无法复制的遗产
因为这座城市谜一样的佛塔
铁函与贝叶经的故事
才被今天的人们传诵

在时间的坐标上寻找黄岩
金黄的蜜橘只留下它的影子
它会短暂停留于
九峰山下书院的诗会
借机与南宋词人觥筹交错
它还会走进今天热闹的街景
向每一个市民询问
它所遇到的最新的问题

大海，在这里不是一个屏障
或许，这种穿越古今的想象
还会永远地持续下去
或许，因为有背后无边的陆地
那种稳定、可靠才成了
这里的人们迈向明天的梯子
或许，也正因为有大海的存在
这里的人们才把他们的创造
与浩瀚无边的大海连在了一起

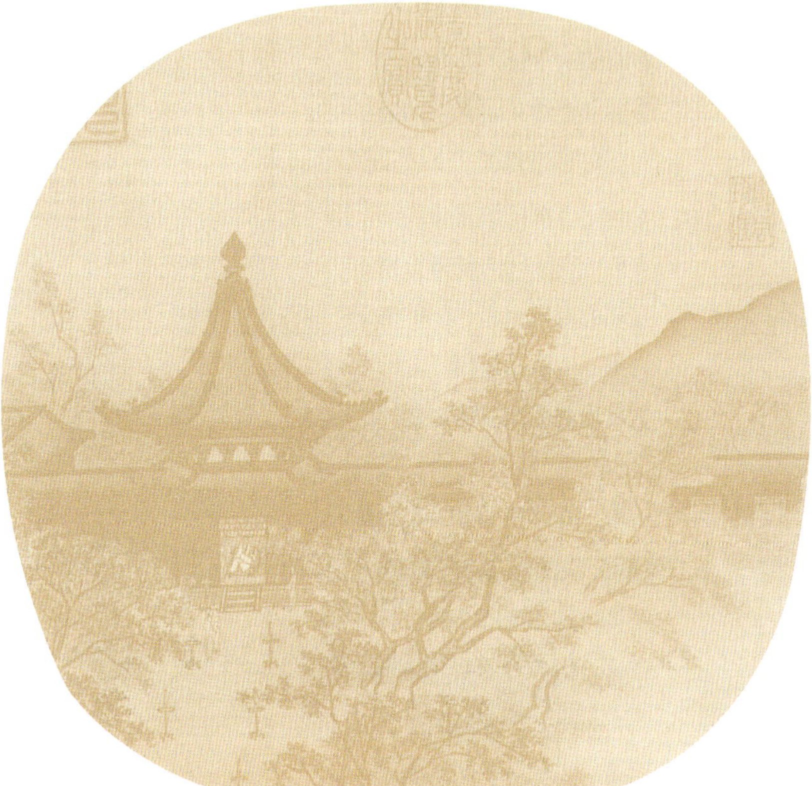

目录

橘灯照亮家园　张锐锋 /2

新橘颂　王家新 /20

橘之舞　冯秋子 /30

你，那么甜蜜　庞余亮 /34

若得山花插满头
——台州古韵事断想　计文君 /56

橘花之盟　周晓枫 /70

五洞桥的乾坤　李晓东 /80

断鸿声里　江子 /86

橘花夜与黄岩絮语　萧耳 /114

后皇嘉树　石厉 /136

黄岩行记　李寂荡 /152

黄岩行（三首）　李寂荡 /164

又见黄岩蜜橘　朱幼棣 /168

我的身体闻到了橘花清香　麦阁 /176

醉在乌岩头　康岩 /194

我正寻花花尽落　丁鹏 /200

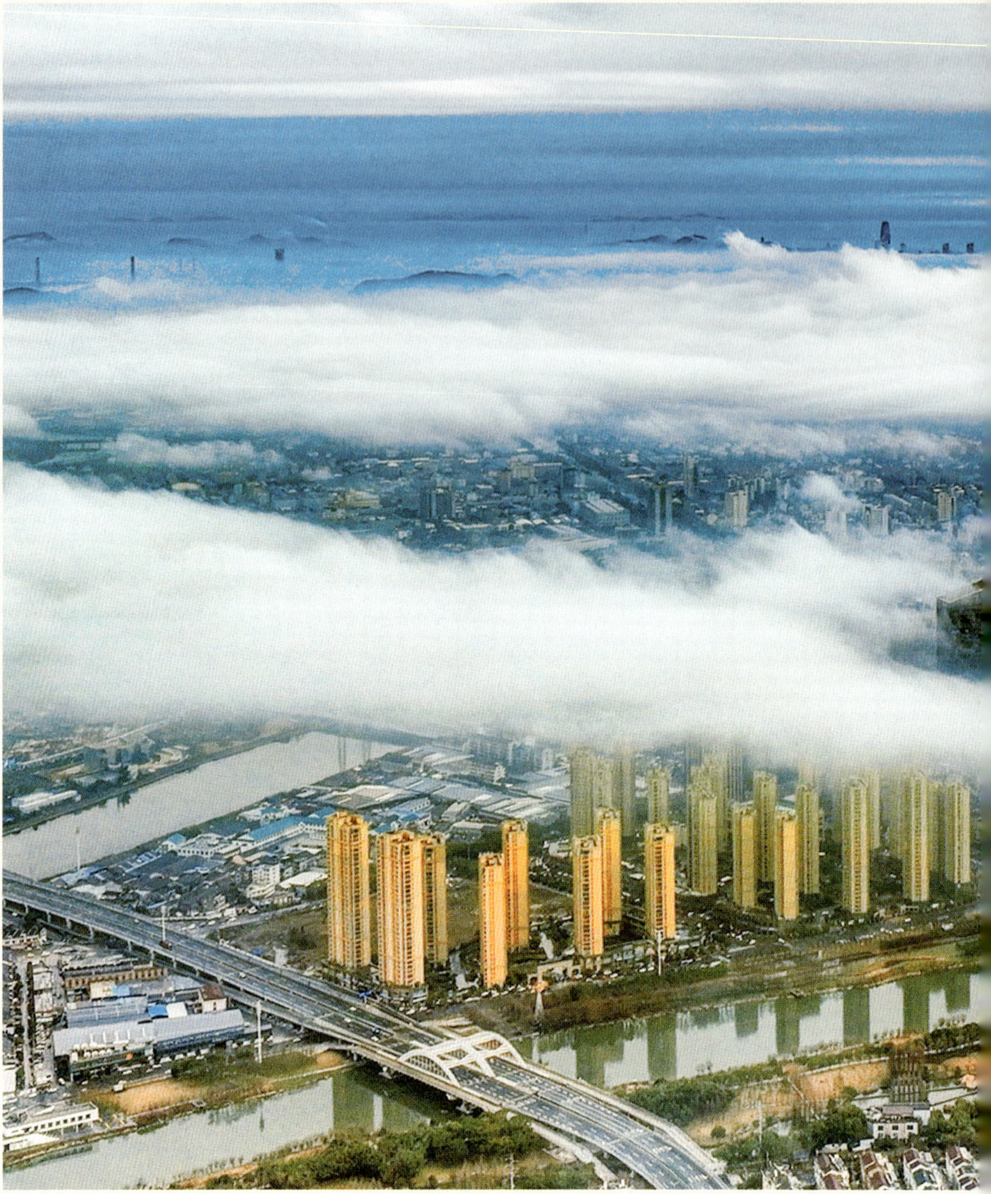

黄岩城市俯瞰 （钟彪 摄）

张锐锋

橘灯照亮家园

夜晚的橘园，沉浸于梦幻。我的脚步踩着梦幻从橘树中穿过。一条长长的栈道带着两侧的灯光，构成梦幻的骨架，而四周大片大片的橘树林是梦幻的翅膀。这翅膀不是静止的，而是在夜晚缓缓扇动，我感到了被携带着不断上升。我看见橘树上还有残留的白色橘花，小小的，五个花瓣，纽扣一样缀在树叶之间，整个橘树被绿衣裳包裹。栈道旁边的橘形灯发出橘黄的光，散射到橘树上，由近及远，从真实到黯淡，显出光的层次感，这让每片橘树林此起彼伏，每一棵树都是一个波浪，波浪连着波浪，汹涌飞扬。

橘花的香气淡淡的，融入了呼吸。每一个地方都有自己的香气，而橘花的香气，淡淡的香气，独特的香气，属于这个橘园，属于未来的果实，属于黄岩。黄岩不仅在高楼大厦之间，不仅在一条条车流汹涌的道路之间，不仅在美好的山水之间，它还在明月中，在橘花的香气中。黄岩不仅供我们生活，还供我们观看、感受、思考和在香气中呼吸。这是最好的香气，它孕育最好的橘子，最好的果实。这是最富诗意的橘园，也是最富生命意蕴的橘园。青蛙的叫声响成一片，充满了激情和生命的欲望，充满了童

橘花 （岑戈宁 摄）

真、纯洁和想象力。

  他让我们想起自己的童年，想起故乡的小河，想起白云飘浮于微澜里的纯粹和阳光灿烂的白日，想起河边专注于洗衣的母亲和她的映照于水中的面影。飞鸟从头顶掠过，停留在不远处的树枝上，蝴蝶翩翩而飞，与花朵为伴。青草地上晾晒的衣裳沾满了大自然的芬芳。云彩遮住阳光的时候，天色暗淡的时候，雨后的夜晚，明月的夜晚，青蛙爬上了河岸，鼓起了脖子下的气囊，发出了一阵阵震撼的蛙声。它们似乎在一夜之间出现，天地之间充盈着它们的呼喊。这是它们的语言、大自然的生命语言、万物繁衍生息的语言、儿童们熟悉的童真的语言，它包含了地上生活的奥秘和启示。

每一只青蛙的叫声都有着自己的节律，而那么多的青蛙合奏的时候，节律被打破了，沦为鼓噪和喧嚣。就像城市的高分贝噪声一样，它的鼓噪和喧嚣证明大自然的生命能量。是的，这是一片高能量的土地，橘园暗示着繁荣的无穷可能性。这不是预言，也不是寓意，而是这里布满了心脏，激烈跳动的、强有力的心脏，土地的心脏。长长的木构栈道，是我们感受这强大心脏的最好位置。它的猛烈的跳动和我们的心脏同步。我从自己的心脏跳动中感受时代心脏的跳动，感受漫长往事的节奏。一条栈道通往每一个人的童年，让童年的时光复活，也让每一游览者沿着长长的时间看见往事中隐藏的悬念。

一座廊桥跨过了一条溪流。溪流里漂满了橘灯。明月、橘灯、星空和船以及廊桥上的灯光，构成了诗与远方。这是时空的共在，是从过去到现在以及未来的光阴的总和，是乡村的幻影，也是诗意生活的寓言。从前看过冰心著名的散文《小橘灯》——"炉火的微光，渐渐地暗下去了，外面变黑了。"……小女孩将一盏小橘灯递给我说，"天黑了，路滑，这盏小橘灯照你上山吧！"……"我提着这灵巧的小橘灯，慢慢地在黑暗潮湿的山路上走着。"——一个感人的关于希望的故事，一件关于小橘灯的往事，橘灯因为这样的美文拥有了另一种寓意，朦胧的、并不十分明亮的橘灯，却穿破了黑暗，照亮了潮湿的山路。

橘灯照亮家园

黄岩的橘园小镇,是一个乡村美好故事的讲述者。它的语言是橘树林,是花朵和香气,是橘形灯,是橘灯,是溪流和船,是土地和蛙声,是明月的夜晚以及挽留每一个人记忆的朦胧的夜空。它的语言经过了纯洁的筛选,它使用了诗的意象,再造了诗的律典。山水和乡愁的精粹在泥土里得以提炼。它采用了大自然的原始语言,却是每一个人可以意会的语言。它的文字用泥土书写,而风声、蛙声和树声是最好的朗读者。我们可以体验它的美好,却不能复述和背诵。它是幸福?不,它也曾经历过风雨沧桑,经历过苦难和忧伤。它是苦难和忧伤?不,它也是快乐的、乐观的、豁达的。它是顺从和驯服?不,它从不屈服于命运的安排,它有着自己挣脱束缚的意志,它有着创造美好未来的背叛者的力量。它仅仅是从前?不,它也是现在和未来,因为从前仅仅是迈向将来的踏脚石。它是某种幻觉?某种抛弃了实相的幻象?不,它不是魔术师的表演,而是实在的象征,是从记忆中爆发出来的改变现实的创造性激情和对生活的不朽想象。

从橘园返回现实,黄岩城区被新一天的太阳照亮,橘园温柔的空气还在肺部循环,生活的新陈代谢在富有活力的车流中展开。人们奔赴自己的工作岗位。黄岩是模具之都,是各种现代模具的生产地。模具生产不仅是现代工业制造不可缺少的程序,其产品还极具象征含义。它塑造着各种工业产品,也塑造着人和生活。勤奋的、向上的、充满了朝气的工作者,在车间和办公室从事平凡而又有着各种奇迹的创造活动。生活是这样迷人。美丽的九峰公园——它由九座山峰包围,长满了樟树、枫树、直而高的

橘灯照亮家园

龙柏和枝干遒劲的苍松，它们直穿云霄，向地面投下了巨大的阴凉。方形井口的千年古井旁，一些人从古井里提水。据说这是宋代凿建的古井，来此提水的人从未间断。临近水井的地方，老年人在树下饮茶。广场上舞姿翩翩。

在六十多年前的艰苦时代，黄岩就修建了这样美丽的公园！显然，黄岩有着深邃的未来眼光。人们不仅想着怎样创造，还想着怎样去实现诗意栖息愿景。但现实不是对历史的否定，而是历史的继续，是历史场景的不断转换，是从历史中汲取了力量和养分的新果。

五洞桥是黄岩历史的见证者。它是历史的珍藏者，它本身就是历史。五洞桥不仅是黄岩西江两岸的交通连接，还是时空的跨越和融合。石栏精巧的雕刻，厚重坚实的拱石墩台，桥洞拱圈的优美弧线，它的外形壮观，它的形制独特而优雅，每一个桥洞采用五道拱圈，用无铰拱石砌筑，半拱部用长条石纵联。古代的能工巧匠用了木匠的榫卯连接了每一块石头，使其在整体性上获得了牢固的组合。它不是来自现在，而是来自八百年前。桥边站立着它的建造者——赵匡胤的七世孙赵伯澐——一座铜像，他有着似乎历尽沧桑的面容，是的，从那时起，已经八百年的风雨侵蚀，他应该已经十分苍老。

这个建桥人用满含深情的目光注视着这座桥。他曾为这座桥的筑造呕心沥血，他所看的乃是自己的形象，是的，桥的形象，也是自己的形象。也许是太热了，黄岩的空气潮湿而闷热，他的手里拿着一把折扇，随时为自己取得一点清凉。他迈开脚步，

赵伯沄铜像 （王敏智 摄）

  俯身查看每一天的进展，五洞桥就这样形成了。现在他迈开脚步，是为了重新审视自己的杰作，从桥的这一边走向另一边。他出身皇族，有着天然的高雅气质，但在这样的气质中却注入了几分忧伤。这是一条河流的忧伤，一座桥的忧伤，一个没落的王朝的忧伤。

  也许他还拿不准这座美丽的桥能否经得起巨浪的袭击？能否经得起时间的考验？因为，此前，这里的县令张孝友就曾率众在这里垒筑石桥，黄岩百姓为了铭记他的功绩，将石桥命名为孝友桥。那座桥同样是坚固的，同样用石头砌筑。可是不到百年就被巨大的风浪击垮。这座桥和上一座桥会不会遭遇相似的命运？赵伯沄撩起铜质的衣袍，未来的担忧以及台风和激流，凝聚于眉宇之间。但他被凝固在八百年前的一瞬，一个黑色的花岗岩台基将他托起，过往的人们经常端详他的身姿，凝望他的表情，走过他

橘灯照亮家园

的五洞桥。八百年，万卷诗书，无限诗情，无数激流，无数过往身影和面孔，都收藏于五个桥洞并被流水辉映。

也许他停留在时间中，更多的是为了看见现在的黄岩。黄岩重新塑造了他的形象，挽留住他深情的目光。夜幕降临。金色主调的灯光辉映五洞桥，也辉映泛起微澜的西江河。五迭起伏的桥面，就像骤然掀起的五个波浪，横渡两岸。它暗喻了历史一浪浪向前推进的力量，暗喻了黄岩自我更新和不断追求创造的激情。这座桥曾是黄岩西乡人进城的必经之路，它既意味着出发，也意味着归途。它讲述过去，也讲述未来。现在，黄岩人茶余饭后在这里休闲观景，五洞桥已经成为黄岩人的乡愁记忆和城市标志。古桥上被光阴踩踏得坑洼不平的石板路，两侧略有残缺的倒覆莲望柱和质朴的栏板，让人看见历史的不平和现实的非凡。历史和现实的彼此呼应，桥下流水的不断流逝，唤醒了一座城市的诗与远方。

五洞桥的西岸，是基本保留了旧貌和原布局的桥上街。这是五洞桥的姊妹篇。在漫长的时光里，这里是黄岩最繁华的地方。地处水陆要津，酒肆林立，商号遍布，百货纷呈，商贸繁荣，各地商客和游客人头攒动、川流不息。一直到民国时期，仍然是商铺一个连着一个，百货铺、铁匠铺、箍桶铺……各种传统手工艺各显神通。占卜算命、丧葬祭祀用品等都摆摊设位。工业时代的商品优势和工具的改变，很多传统手工艺已经消失，街道的集市功能已经被更繁华的现代商厦取代，留下了意味深长的历史余韵。一些老人坐在街道上，悠闲地看着过往的游客。沿街的廊檐

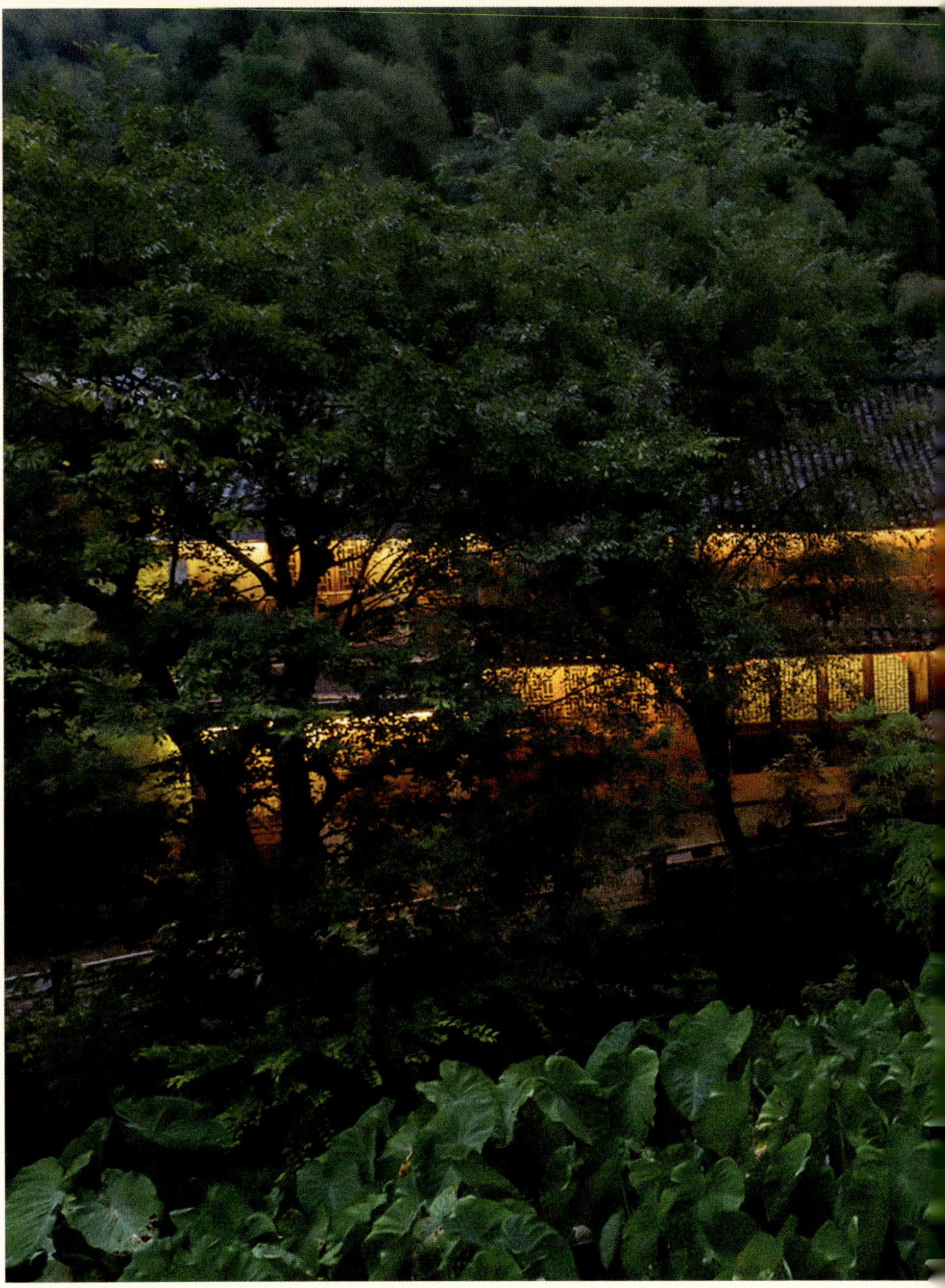

夜幕下的乌岩头古村（金义 摄）

遮蔽着风雨，为街道施以阴凉。这条古街道上，曾是黄岩通往永嘉的陆路捷径的起点，现在街道上的一切建筑、建筑上的发黑的屋瓦以及剥蚀的砖砌墙壁，以及旧门窗，都用它们的目光、暗藏的大脑和心脏，追思朦胧前世的喧哗。

一个城市、一个区域的繁荣兴盛的密码储存在乡土之中。黄岩宁溪西北角苍山余脉山麓，乌岩头村。黄岩到仙居的古驿道穿过村庄，乌岩头村曾设古驿站，也是私盐贩运古道的歇脚点。这个山村的村民大多为陈姓，他们共同的先祖为清朝中期的陈朝。据传陈朝在村边的一块大石头上休憩，望着四周的群山，村前有一条山涧奔流，这是多么好的地方啊。不仅充满了诗意的寂静，还有着极好的景观和茂密的山林，四季将能够看见不同的景色，乃是稀有的修身极境。于是他居家迁移到这里繁衍生息，一个村庄就以陈朝坐过的黑石头命名。

走过村口的古石桥，长满了青苔和蕨草的山溪边的石头，一块黑色的大石头从岸边突出，周围各种野草和树木盖住了望向溪流远处的视线。桥面的石头已经被无数的脚踩踏打磨，光滑闪亮，仿佛这些经历几百年的石头暗藏着光芒。村庄里的人们大多搬迁到了别处，乌岩头古村落更为安静平和。现在，乌岩头村和同济大学合作，致力于复原古村落的原貌。原本失去了的，得以恢复；原本残缺的，变得更为完整。溪涧两侧绿树成荫，山涧水流诉说着一个村庄的过去，曾经每天几百挑夫肩挑盐担走过石板路，把他们劳作的汗水汇入溪流，洗净了石头上的灰尘。

这个中等大小的山村已经成为许多游客的观光地。一百多间老宅，多为明清时期的建筑，几个大的四合院十分精美，是经典的南方民居建筑畚斗楼营造法式。村中最大的四合院，晚清陈家宅院，成为一个民俗博物馆，陈列着当地从前的民用家具和各种具有南方特色的老物什。这让我们了解黄岩乡村从前的生活状态。这是一些美丽的民居，它们顺应自然地形地貌，有着蜿蜒曲折、宽窄不一的乡村街道，在峰回路转之中实现了最优的栖居诗意。苍翠的山峦、飞扬的树木、幽静的小路、古朴的石桥和精美的民居形成最好的匹配。这里是同济大学美丽乡村规划的教学基地，暑期的大学生来此实习，他们的青春、才华和激情在这个古村落中得以展现。一座座彼此相连的老房子，青砖或者石头砌筑，白灰的勾缝呈现了材料的本性，各种不规则形状的石头在匠心独运之中获得精密对接，老砖以剥蚀的外表显现自己的年龄，让我们看见一个被重新注入生机和活力的乡村。

很多住户已经搬迁，留下往事继续居住。乌岩头村是一个名人辈出的村庄，有清代咸丰年间的优等贡生，有民国年代以第一名考取水师学堂的陈广斌，还有毕业于黄埔军校为国捐躯的兄弟烈士……乌岩头，一个充满了传奇的村庄。一个蓝天白云下的仙境。一个古韵悠悠、用三面青山合抱的村庄。一条山涧用奔腾不息的流水歌唱的村庄。这个古村落的修复、保护和开发，让这里的故事和一座座古房子、一个个古院落、一个个曾经居住于这里的人联系在一起。这是一个会讲故事的村庄，它用石头、青砖、瓦片、窗户、四围的青草、树木和鲜花、青山和流水讲述家园里

橘灯照亮家园

发生的一切……让我们来这里仔细倾听吧。

它仅仅是黄岩的一部分,但它讲述的不仅仅是自己。它所讲述的是这块土地旺盛的生命力,它本身就是对乡土家园的礼赞。这块土地是有耐力的、有智慧的。元末明初的文学家陶宗仪在黄岩耕读,他在田间休息的时候,总是坐在大树下的田埂上读书,并随时将自己的思想记录在树叶上。他阅读中获得的灵感、耳闻目睹的要事,都用随身所备的笔墨写在了叶片上,又将这些树叶放在树下小心地晾干。做完农活之后就把这些写满了字迹的叶片带回家,储放在瓦罐里。瓦罐储满之后就埋在屋后的树根下。到了晚年,陶宗仪让他的学生把十几年间集满了树叶的瓦罐从树下掘取出来,分门别类地进行了整理抄录,竟然编成了长达三十卷的《南村辍耕录》。是啊,这是多么富含诗意、浪漫而坚持不懈的积叶成书的励志佳话,一片片树叶,连缀了漫长的光阴,汲取了生命的能量,结满了思想者的硕果。

这块土地是有意志的,顽强的意志,不屈的意志,坚韧不拔的意志。明代高僧宗泐幼年出家为僧,深研佛经,精通奥义,先后在杭州中天竺寺和径山寺、天界寺任住持。明太祖朱元璋曾征召江南十位高僧,宗泐位列首位,已为佛教界领袖。洪武十一年,朱元璋认为现存的汉译佛经逸散残缺,就命宗泐率领僧众出使西域搜求佛经,以使佛经更为完备。宗泐奉诏西出阳关,沿着新疆、青海曲折古道,又南折穿越青藏高原,从西南边陲阿里抵达尼泊尔和北天竺,求得《庄严宝王》和《文殊经》等佛家经卷。宗泐在取经路上历尽风雨、穿越沙漠、翻越高山、渡过河

橘灯照亮家园

流,不知经历了怎样的艰辛磨难,终于完成使命,成为明代西天取经的玄奘。他在途中曾写下了《陇头水》——

  陇树苍苍陇坂长
  征人陇上回望乡
  停车立马不能去
  况复陇水惊断肠
  谁言此水源无极
  尽是征人流泪积
  拔剑斫断令不流
  莫教惹动征人愁
  水声不断愁还起
  泪下还滴东流水
  封书和泪付东流
  为我殷勤达乡里

  这首诗生动地描绘了宗泐在陇水岸边的思乡之情。面对陇水东流的波光,长途跋涉的一幕幕惊险之境在心头奔涌,陇水的惊澜不断掀起,令人深感惊惧。但这怎能动摇取经人的意志和决心?回望故乡,已经在遥远的不可目及的地方,荒凉、尘土、大阪、山峦和陇树遮住了望眼。他的乡愁随着流水起伏,泪水滴在了流水里,并随着流水归于大海。归途之中,他曾在卡日曲夜宿,窥望黄河的源头,写下了《望河源》一诗——

积雪复崇岗
冬夏常一色
群峰让独雄
神君所栖宅
传闻嶰谷篁
造律诣金石
草木尚不生
竹卢疑非的
汉使穷河源
要领殊未得
遂令西戎子
千古笑中国
老客此经过
望之长太息
立马北风寒
回首孤云白

　　宗泐驻停卡日曲,望着黄河的源头,想到了上古黄帝曾派遣使者前往大夏,使者抵达昆仑山北面,在嶰谷砍下竹子吹奏确定了黄钟的音律。他望着荒凉的群山,开始怀疑古人的讲述。这里草木不生,哪里会有嶰谷的竹子?黄帝的使者究竟来过这里吗?他根本没有获得寻找河源的要领,又从哪里获得竹音?他在怀疑中面对历史和群山发出长长的叹息,在寒冷的北风中,回头看见的是一片孤云。历史不会给他答案,他内心的谜团随着一片孤云在宇宙间飘荡。宗泐为求真经,历经五年岁月,往返行程十四万里,克服无穷险阻,终于完成大业。而他在陇水边的歌吟和黄河源头的思古疑古之歌,成为一个人非凡的意志、思乡之情、孤独的忧伤和胸臆辽远的绝唱。

  这是善于思考和富有认知力和创造力的土地。黄岩人清浚,也是元末明初僧人,曾被朱元璋封为天下十大高僧之一。他还是中国少数掌握了以直角坐标系绘图的制图学家。他以一方格折抵百里土地面积,建立矩形网格坐标,用不同的颜色标注地名,绘制出了《广轮疆里图》。这一舆图在明代初期已经名闻天下,那时清浚才三十多岁。清浚之所以能够取得这样非凡的成就,得益于黄岩一带元明之际东西方交通发达、商贸繁荣,而清浚交友广泛、博闻强记、视野开阔以及具有广博的地理知识。关键是他善于思考,能够将自己所掌握的知识投入创造之中。2022年11月,南非首都开普敦千年地图展中,中国政府提供的《大明混一图》复制件引发轰动,同时展出的还有来自日本的《混一疆理历代国都之图》复制件,这一地图原是朝鲜人于1402年绘制,后由日本人描摹。这一图上有朝鲜人的题跋,说明地图部分来源于清浚绘制的《混一疆理图》,即清浚的原图乃是朝鲜人绘制的《混一疆理历代国都之图》的母本之一。

  这也是富有激情和理性的土地。黄岩也产生思想家。哲学家黄绾曾是著名思想家王阳明心学的信徒,后对王阳明的学说进行了继承和批判,提出了艮止之学,在理学发展史上添加了属于自己的思想燃料。他和王阳明、湛若水是终身学友,为学术问题不断探讨交流,在辩驳和反诘中将思想引向深入,不断突破程朱理学的束缚,形成明代最有影响的以王阳明心学为主体的哲学思想,中年之后各自授徒讲学弘扬心即是理、知行合一的阳明学说。黄绾晚年辞官回乡,居住于永宁江北的翠屏山底,继续立院授徒、著书立说,对以往的学术思想不断反思深研,批判和揭示空谈性理的宋明理学流弊,主张经世务实和积极入世的进取精神,用知止把握心体,使心体"常静而常明",这样才能实现"行止皆当"的自然中道和行为理性——阳明心学在黄绾的反思中获得了新的涌泉。

是的,黄岩是富有魅力的土地,是创造者的土地,是神奇的土地,它的丰富的源泉滋养了一代又一代人。近代以来,这里产生了大量杰出人士。既有辛亥革命的志士,也有"五四"运动和红色革命先驱;既有抗日名将和空战英雄,也有开罗会议的见证者和爱国高僧;既有一身正气的名儒大家,也有满纸云烟见性真、名扬四海的书画家;既有怀抱科学救国思想的化学家王琎,也有中国植物生理学的奠基人罗宗洛以及"两弹一星"的功勋科学家陈芳允。黄岩只有60万人口,却产生了10位中国两院院士和外籍院士。

这是橘香遍野的地方,是橘灯照耀的地方,它凝聚了历史的光芒,也是南方中国乡土的缩影。它魅力无限的山水吸引了历代无数诗人，留下了无数优美诗篇。它孕育了无数智者和英雄，它的苍翠的群山和汹涌的河流以及身旁的无边大海，本身就包含了一方水土的创造密码。我们观看黄岩、研读黄岩、认识黄岩、理解黄岩、思考黄岩，就是观看、研读、认识、理解和思考自己，就是重新观看、研读、认识、理解和思考自己的精神家园。

橘灯照亮家园

新橘颂

王家新

今年五月初,应浙江黄岩"橘花诗会"之约,我和其他作家、诗人一起来到了永宁江边的黄岩柑橘种源基地。

我们来得有点晚了。几场暮春的风雨过后,一树树洁白芳馨的橘花大都凋落,或者说,它们已完成了它们的"使命"。

但是,这片土地是不会让人失望的。沿着橘园深处的步道前行,纵然不见屈原在《橘颂》中曾赞美过的那种"绿叶素荣,纷其可喜兮"的情景,徐徐晚风中,仍不时有一阵阵橘花的幽香袭来。

多么美好、安谧的春夜!抬头望去,初升的月亮给山岭、村舍和大片的橘园蒙上了一层清辉。侧耳倾听,是青蛙和蟋蟀的遍地歌声。而几缕橘花的清香在步道上空萦绕,像是某种不散的幽魂……

我们就这样穿行着。橘园的步道边侧,还不时有一幅幅彩标迎来:"橘花如雪细吹香",或是"生活无解,橘源撒野"……我们更多地体会到黄岩人对橘园家乡的那份爱和幽默了。

步道边一个亮着橘灯的小篷子也吸引了很多行人,那是几个孩子在展示橘灯的制作。他们或是用勺子掏空橘瓤,或是静

新橘颂

静地凝视着点亮的柔和橘灯，这一切，更给橘乡增添了几分童话的意味。

行至橘源桥上，远处的河上则漂来一盏盏璀璨的小橘灯，它们装点着河面，犹如银河的繁星。而在弥漫的河雾中，还有一只载着吹笛人的小船徐徐驶来。望着这一切，真是惹人乡愁啊。

到了柑橘博物馆附近的橘花诗会现场，我更惊讶了，除了现场的数百听众，围栏外还密密麻麻地站着一大片村民和游客。即使在夜幕中，我也感到了他们那纯朴、热切的目光。他们在期待什么？

果然，晚会一开始，我们就听到了出场的演员开始朗诵屈原的千古名篇《橘颂》：

> 后皇嘉树，橘徕服兮。
> 受命不迁，生南国兮。
> …………

我已读过《橘颂》无数遍了，但这一次仍受到深深触动。"后皇嘉树，橘徕服兮……"诗一开始，诗人就动情地赞颂了这种高贵、忠贞，生于南国、受命不迁的"后皇嘉树"。而我，也来自楚地，也和"南国"的一草一木一样，受惠于这片土地啊。

正因为这篇感人至深的伟大颂歌，南国的嘉树有了生命，有了意志，它成为一种高贵、素洁，为故乡奉献终生的生命象征。诗人不仅赞美它那繁茂的绿叶白花和累累果实、它那"青黄杂糅，文章烂兮"的华美质地，更是感叹于它那"独立不迁""深固难徙"的生命禀赋，那种"苏世独立""参天地"的精神姿态。"愿岁并谢，与长友兮"，在诗的最后，诗人甚至立下了誓同生死的意愿，他要以这种"秉德无私"、毅然挺立于天地间的"后皇嘉树"来激励自己。

显然，这是一篇"自画像"式的作品，也开创了中国诗歌史上咏物言志的抒情传统。千百年来，诗人所赞美的那种高贵华美的生命形象和无私奉献，"受命不迁""深固难徙"的秉性，塑造了我们这个民族最为坚韧、高贵的精神品格。杜甫晚年漂泊、滞留于奉节期间，对夔州的柑橘就钟爱有加："园甘长成时，三寸如黄金。"（《阻雨不得归瀼西甘林》）而在更早，张九龄在其著名诗篇《感遇》中，也像屈原那样，在人生的艰难困苦中把南国的橘树作为砥砺自己的榜样："江南有丹橘，经冬犹绿林，岂伊地气暖？自有岁寒心。可以荐嘉客，奈何阻重深……"

而我们这些当代诗人呢？在橘花诗会上，倾听着对《橘颂》的朗诵，以及在后来观看《五月，与一朵橘花相遇》等节目期间，我都在想着这些问题。在晚会的下半场，在散文家张锐锋的主持下，在一场题为"诗和远方与乡村新形态"的作家和诗人的对话中，我谈到了我在多年前写的一首诗《橘子》：

橘子

整个冬天他都在吃着橘子，

有时是在餐桌上吃，有时是在公共汽车上吃，
有时吃着吃着
雪就从书橱的内部下下来了；
有时他不吃，只是慢慢地剥着，
仿佛有什么在那里面居住。

整个冬天他就这样吃着橘子，
吃着吃着他就想起了在一部什么小说中
女主人公也曾端上来一盘橘子，
其中一个一直滚落到故事的结尾……
但他已记不清那是谁写的。
他只是默默地吃着橘子。
他窗台上的橘子皮愈积愈厚。

他终于想起了小时候的医院床头
摆放着的那几个橘子，
那是母亲不知从什么地方给他弄来的；
弟弟嚷嚷着要吃，妈妈不让，
是他分给了弟弟；
但最后一个他和弟弟都舍不得吃，
一直摆放在床头柜上。

（那最后一个橘子，后来又怎样了呢？）

整个冬天他就这样吃着橘子，
尤其是在下雪天，或灰蒙蒙的天气里；
他吃得特别慢，仿佛
他有的是时间，
仿佛，他在吞食着黑暗；
他就这样吃着、剥着橘子，抬起头来，
窗口闪耀雪的光芒。

美国诗人、翻译家乔治·欧康奈尔在一篇文章中曾说："作为王家新的译者，我已对他的审美向度有了一定程度亲密的认识。……倘若诗歌像肯尼思·雷克思洛斯所说的那样是'存在的提升'，王家新的声音则不仅在于提升，还在于探究，它取自过去，取自幽深的自我，一笔艰难获得的礼物。"

《橘子》这首诗就"取自过去，取自幽深的自我"，它正是"一笔艰难获得的礼物"。该诗中从小住院的叙述就出自我自己的真实经历。我生于湖北省西北部山区，我的家乡属于楚文化范畴，但在地理上处在长江以北，在物产上也有别于江南一带。小时候生活艰辛，物质匮乏，我的家乡也只产桃子、杏子、柚子等水果，从来不见苹果和橘子（到后来才从江南引进了柑橘等树种）。住院期间，母亲不知从什么地方给我带来了几个小蜜橘，后来我才知道它是从浙江一带"进口"到我们家乡的。

这么说，该诗中的"橘子"很可能就是从黄岩产的！我来到

花果同树 （蔡志敏 摄）

黄岩，看到这片"既熟悉又陌生"的老橘园，嗅到一阵阵橘花的幽香后很快就意识到这一点。这就是生命的"缘分"！

而诗中最后的那个橘子是那样珍贵，它几乎成了一种圣物。它是艰难岁月中爱的象征。不管怎么说，它成了我早年生命中最珍贵的记忆。

《橘子》一诗写于2006年，而在这之前，我还写有《柚子》一诗，回忆和赞美我童年故乡的柚子树。它和《橘子》一诗一起，可称之为"姊妹篇"：

柚子

三年前从故乡采摘下的一只青色柚子
一直放在我的书架上
现在它变黄了
枯萎了
南方的水分
已在北方的干燥中蒸发

但今天我拿起了它
它竟然飘散出一缕缕奇异的不散的幽香
闻着它，仿佛有一个声音对我说话
仿佛故乡的山山水水
幼年时听到的呼唤和耳语
一并化为涓涓细流
向我涌来，涌来

恍惚间
我仍是那个穿行在结满累累果实的
柚子树下的孩子
身边是嗡嗡唱的蜜蜂
远处是一声声鹧鸪

新橘颂

而一位年轻母亲倚在门口的笑容
已化为一道永恒的
照亮在青青柚子上的光

且不说中国读者的反应,德国汉学家顾彬在翻译这首诗时曾专门给我打电话:"老王,你知道吗?翻译你这首诗时我哭了,哭了。"

真正的诗,会触动我们生命深处的爱,甚至会触动到那泪的源泉。真正好的诗篇,也都是生命的哀歌兼赞歌。

写到这里,我还想起顾彬写过一首诗,题为《新离骚》。我们如何不负诗人之命,从我们自己的生活和时代出发,写出我们自己的"新橘颂"呢?

在黄岩,我一直在想这样的问题。我们呼吸着橘花的余香,在沙滩老街的山间惊讶于那开着粉红花朵的苦楝树("苦楝树"也居然开着粉红花朵!),在"天空之城"的高山上走进那雨雾笼罩下的一层层翠绿茶田。我品尝着从茶树丛中摘下的几片新鲜、苦涩而又醉人的茶叶嫩尖。我还想起了作家加缪曾用诗一般的语言所赞美的海边的杏树林:

我住在阿尔及尔的时候,等待冬天的过去,总是非常耐心。我知道某一个夜晚,仅仅一个清冷的夜晚,康素尔山谷中的杏树林就会覆盖上雪白的杏花。一觉醒来,我就看到这片柔弱的白雪经受着海边狂风暴雨的肆虐。然而,年复一年，它都在坚持，准备着果实。

这是多么动人啊。

最后，我还想起了2013年秋，在我参加艾奥瓦国际写作项目期间，艾奥瓦大学艺术系的老师和学生们把我的《橘子》一诗搬上了舞台。它配有我的朗诵录音和舞蹈演员们的动情表演。而在演出最后，舞蹈演员们退去，满舞台则滚动着散发着金色光芒的橘子。

我想，那正是我们一生爱的呈现，是生命的最珍贵的馈赠。

橘之舞

冯秋子

在黄岩的第一个夜晚，路经缀满橙金烈烈的蜜橘林，和小橘灯浮游的河道，去观看一支舞蹈。十几位年轻女子身着古装，色泽浸润橘之橙明、叶之素练，神凝意予土台，如生长此间的橘树劲枝，在风中雨中竟朝不能不往的去向，幅度深重，气息却能穿进地心。

　　有时轻若微风掠过，而内心柔韧有余，似穿行万仞、荡涤滔滔，终能回归自然。节律适度，收放自由。舞者心中的色泽、味觉、知觉，桑田沧海，生生不息……我惊异于这支舞蹈。

　　不拘民间、庭堂间或宫殿，蹈之舞之赏之。而橘之舞，全借水土与众生滋养，又何尝不唯惜水土众生以敬尊为长。

　　哪里的女子，哪里的场域，哪般的理路，哪搭的抚地问天之力与义，哪年哪月哪一日或者夜，天降下了橘林与光，顺应自然、敬畏自然、维护和建设自然的黄岩人，迎接了义无反顾拥抱他们的橘林与光。坚毅的清香和沁人肺腑的光，进驻他们的眼睛和心灵，人被启示，被感召，被激发，被创造。由是，橘与人、橘与村庄、橘与乡镇县市，共生共存共荣共尊，成就了这片土地与人千百年绵延不绝的文化与文明传奇。

橘之舞

来的路上，见到人们把精心制作的一只只安省橘灯放归河道，任橘灯托载他们的美好心念顺流而下。其实经年如一，人们见证一盏盏小橘灯，忽明忽暗，以各自的节奏和气力，缓缓地融化河水。小橘灯就地生出，男女老幼沿河放生一盏橘灯，从此，家家门前，村庄前后左右，山峦沟壑，一地橘树，一河橘灯，精神异秉。屏息观赏，不忍错过一个姿态间歇。小橘灯前赴后继，天地几番轮回一般，百折不挠，尽藏内中动静之美，似可匹敌万千，甘赴汤、愿蹈火，生死情状若何。小橘灯从有到无，透过温和赤橙的光亮，惊艳水中物象，旋转、碎裂、流泻，最终覆没泥水，如同人从出生到消散，融入进地球的缝隙。然后，明日复又游弋橘灯，再消失，再启程，周而复始，生生灭灭随天缘地，也如人生无止尽的旅途。

河水的声息，似是不变，却实是变幻莫测，应允和创造的无限可能，也尽在这里面。

把每一个黄岩人照亮的橘，这件农副产品，与黄岩日益掘进的手工业、制盐业、丝织业、制瓷业，在宋时已然并驾齐驱，相互映照。橘有"天下果实第一"美誉，丝织业成就"宋服之冠"，陈景沂著述《全芳备祖》则成为"世界最早的植物学辞典"，而黄岩的粮米，朱熹给宋皇的奏疏称：黄岩熟，则台州可无饥馑之苦。恰是黄岩有，台州可无忧；黄岩有，中国可资镜鉴。黄岩遍布的创造，始于这片土地的仁人志士，每一位勤勉向前的黄岩劳动者使之不朽和常新。

橘灯照亮家园

千年古县黄岩，有水，她是活的；有橘，她是亮的；有智，她是稳健的；有识，她是创造性运转的。橘之舞，像是黄岩精神的另一种艺术写照。

橘之舞

你，那么甜蜜

庞余亮

1

地球转动。

国境向东。

有一个词是属于北纬 28 度的：黄岩的一瓣甜蜜。

是的，一瓣甜蜜。

源自童年。那轮秘密的小太阳。当我越过群山，像记忆之车驮着我越过群山，看到"黄岩"这两个字的时候，内心的江山如骏马般奔腾起来。

虽然你没有来过黄岩，但你觉得你这次来黄岩就是返乡。

其实是初见，但内心确定是返乡，返回你的甜蜜故乡。

括苍山啊，必须承认你的返乡哦。从括苍山出发的那条童年的泉眼。每一个心事，每一个渴望，每一个梦想，在层层叠叠的群山之间，在平平凡凡的日子之间，思恋和回忆的细水汇聚起来，就是返乡的洪流。

"……称大溪坑，至宁溪和半岭溪汇合段称黄岩溪，以下称永宁溪，曲折蜿蜒，汇集众多溪流而数度蜕变，越过长潭峡谷后到潮济,潮济以下感潮河段称永宁江。"

永宁江,是黄岩的脐带,也是一瓣甜蜜的脐带。

2

抵达黄岩之夜,你的遗忘之坑有了被甜蜜浇灌的奇迹。

从童年到少年,从青年到中年,在那个看不见的遗忘之坑里,该记忆的已经不想记忆,不该遗忘的也就这样无声无息地被遗忘。

一瓣甜蜜还是照亮了"脐带"这个词。

准确地说,是年轻的解说员用"宁溪糟烧"这个词唤醒了你童年的记忆。

解说员太年轻了,说了很多个词,但无法说出"宁溪糟烧"这个词的美妙。你是知道"糟烧"的。"糟烧"就是土酒啊。呛口的,暖胃的,安贫的,乡下土酒。实实在在,是不安的水,也是噼啪燃烧的火焰。童年的时候,有关土酒也是有关糟烧的故事就像扯巴根草一样被扯了出来。

故乡与糟烧。

黄岩与糟烧。每个人的故乡都有热气腾腾的糟烧坊啊。

于是,你接过了"糟烧"这个话题,你开始解说"糟烧"。你没有品尝过"宁溪糟烧",但你说得那么津津有味。同行的诗友都觉得奇怪。你知道这奇怪的背后可以虚构一部前世今生的穿

黄岩传统糟烧酿制技艺　（黄岩区宁溪镇提供）

越小说。

　　介绍完"宁溪糟烧",中巴继续在黄岩的夜色中穿行。"糟烧"从胃部升腾上来,眺望父亲、母亲和你在一个时空里的贫苦童年。

　　你在摇摇晃晃中看到了车窗外的河流,像一根脐带的河流。解说员说那叫永宁江。

　　"……永宁江自潮济起转向东北流,在梓浦折向东南流,经北洋小里桥携九溪水继续东进,到头陀携元同溪水直下焦坑,东流经松岩山脚下,继续东北流至塔水桥,容纳龚屿浦水后转向东南流进入黄岩城区。在汇入最大支流西江后,江面愈加宽阔,进而过北门大桥在外东浦一带折北转南,讨棣西后经仙浦、

你,那么甜蜜

江口、老道头到达终点三江口。"

多么像一条九曲十八弯的脐带啊。沿着这根脐带的血脉溯流而上，你记起了那贫苦的星空下，有一枚甜蜜的橘瓣。

那橘瓣一直在遗忘之坑里，被你的埋怨和忧愤所遮挡。

但那枚橘瓣一直都在。很多细节都是在那个抵达黄岩的夜晚里想起来的。比如那橘瓣罐头的外面裹了一圈彩色的纸。你看着母亲用一把笨重的菜刀开启罐头。菜刀在罐头的铝皮上轻轻砸出一个个伤口，每个小伤口连接起来，就是一圈开启之门。母亲把铝皮之门打开的时候，你发现铝皮的颜色是不一样的。

外面是银色的。

里面是黄色的。

玻璃罐头里面是无数个甜蜜的小月亮。来自黄岩的小月亮。

蹲在土墙中间的油灯被这些小月亮映照得无比温柔。

3

蛙声遍布蜜橘林。

中国重要农业文化遗产的橘子林。

黄岩蜜橘筑墩栽培系统的橘子林。

一阵又一阵，久违的蛙声像潮水般涌过来涌过去。

你听见绿皮青蛙说：你来迟了，橘花已开完了，橘子花的香气已被春天悄悄收藏了。

懊悔的你就像橘林里一朵迟开的荠菜花。

又一只金皮青蛙说：你来早了，小小的青橘才像一个逗号呢，要等到秋天才能吃甜橘子呢。

青蛙。青蛙。

与青蛙相伴的童年里还有水田里的螃蟹。你知道，你父亲也知道，七岁那年，巡田的父亲在水稻田里行走，忽然觉得脚下有一只螃蟹。

其实，那是一条盘踞在水洼里的地皮蛇。

父亲的脚松开，然后毒蛇咬伤了父亲。

父亲倒下。

父亲被送到医院的那个晚上，你一个人留在家里，远方稻田里的蛙声如麻，一颗祈愿的心就像一盏小橘灯。风声很大，小橘灯一直坚持亮着。

后来，父亲拐着腿回到家里，连同那只神秘的蜜橘罐头，无数个小月亮栖息在玻璃瓶子里，你的眼亮了一下，又亮了一下。

再后来，父亲的汤匙送到了你的嘴边。

里面是一瓣金黄的甜蜜的月亮。

那年冬至，你在上海思南读书会，有朋友问你为什么不写写温暖的父亲。你想了很久，你的遗忘之坑里丢失了许多温暖的父亲。比如上大学前，父亲叮嘱你记得晒布鞋的故事；比如，一瓣黄岩蜜橘照亮的甜蜜夜晚。

你永远记得橘子林里那三个做小橘灯的小孩。

两个橘子灯男孩。

一个橘子灯女孩。

你仿佛看到了很多很多年前，那个空荡荡的夏日夜晚，蛙声中有一盏灯光在倾听一条路。倾听一条路上的脚步声。

父亲和蜜橘一起回家的脚步声，还有黄岩蜜橘在枝头在风中在夜色下的梦呓。感谢黄岩之夜对于遗忘之坑的唤醒：甜蜜橘瓣长照的小童年。

黄岩于你，是生命的纠正，是命运的重塑，是必须的回望，也是继续拥有渴望明天的力量。

黄岩，令你渐渐干涸的中年就有了蛙声不息的灌溉。不要遗忘太多的爱，就像不要记住太多的恨。向前，向前，继续向前，比如来到这从未来过的黄岩。

你开始与黄岩对视。

4

甜蜜在发酵，甜蜜在飞翔，甜蜜向全世界的蜜蜂，也向全世界诗人的舌头发出了邀请。

被邀请的蜜蜂很多很多。

你得说说你渴求甜蜜的心了，从童年就开始的对于甜蜜的渴求。

念叨黄岩，就有那渴求。

那渴求必须在五月里绽放出最芳香的夜晚。虽然没有遭遇蜜橘的花期,但每个诗人的梦都被染得芳香。

可以把黄岩比喻成一棵最幸福的蜜橘树。风吹过来,又吹过去,掩藏在枝叶间的小蜜橘们在和我的渴望捉迷藏。还有蛙声。还有笑声。还有星星的笑声。

还有萤火虫啊。

无数个星星般的萤火虫在聚集,聚集,聚集成了四个字:"青诗小集。"

青诗是小集。小集也闪闪发光。

青诗其实也是青涩之诗,青春之诗。多好,这四个字啊。你被这四个字击中了,温柔,或者热流。你那么热爱诗歌,有多少天你不和诗歌迎头相撞了?

还有很多诗行在你的头脑里像小橘子一样在枝头晃动。你第一次参加这样的橘花诗会。橘子们倾听,你也在倾听的队伍中。

后皇嘉树,橘徕服兮。
受命不迁,生南国兮。
深固难徙,更壹志兮。
绿叶素荣,纷其可喜兮。
曾枝剡棘,圆果抟兮。
青黄杂糅,文章烂兮。

这样的五月之夜,是终生难忘的五月之夜,与一朵橘花相遇,那一对黄岩的母女,在舞台上紧紧相拥。

你,那么甜蜜

你开始沿着蜜橘的河流溯流而上。

1700 年前的黄岩蜜橘,该有多少可以讲述的故事啊。

  上御内殿,召后妃宴而饷之,往往手擘诸袖中,宫人徘徊,捧金钟三酿之酒,上手搦其皮,香雾溅酒面,凝而为乳。下借酒之甜酾而香辣,挑而尝焉,故曰乳柑也。当是时,台之乳柑遂为天下果实第一。
  …………
  台之州为县五,乳柑独产于黄岩。黄岩之乡十有二,而产独美于备礼之断江,地余四里,皆属富人。

橘,桔,吉也。

你听到那些多年宠爱的蜜橘在黄岩的山上合唱。造屋。上梁。男婚。女嫁。满月。花会。

"放橘灯":无数个萤火虫般的小橘灯在河面上追逐。

  橘花如雪忆长洲,
  橘子黄时到古瓯。
  多谢吴天怜梦远,
  飞霜酿出洞庭秋。

那个晚上,你回忆起了太多的好诗,你也想写下很久没有写过的诗。无法入眠的你推开宾馆的窗户,你知道有许多小蜜橘正

橘灯照亮家园

在枝头做梦，永宁江上的小橘灯已经走到了星空中。

那在枝叶间闪烁不已的
是前世的约定，也是今生的抒情

每一枚蜜橘都像是握紧的小婴儿的拳头。
我多么愿意接受这些小拳头的捶打

在浙江，这个最为柔软也最为温暖的腹部
我的爱，有甜蜜的 N 次方

黄岩有许多安放幸福的妙招。
那么赤诚，那么勤勉

有山有水的黄岩，全是好人家
比如括苍山下，比如永宁江之畔

让一枚金黄的蜜橘
在滚滚红尘中，紧抱住那个饥渴的人……

你，那么甜蜜

5

  饥渴的人会寻找溪水。

  而黄岩就把一座叫作"五部溪"的溪水送到了你的面前。在此之前,是你在与你的偶像拍照。偶像诗人刚从海外归来。你几乎熟读过他所有的诗作,还有一本油印的诗集,你一直珍藏着。那珍藏的诗歌岁月,于你,就像偶像诗人曾经翻译过的那本诗集名字:《最明亮与最黑暗的》。

  那一天的雨中,最黑暗的是乌岩头的名字。最明亮的就是"五部溪"的溪水。雨后的溪水像你的心情一样激越。你眺望那座建于清咸丰九年(1859年)的叫永济桥的石桥。石桥的石隙间长满了回忆的蕨草苔藓。

  你看到了乌岩头的蔷薇花。那些蔷薇花,一直沐浴着诗歌的声音。那些钢笔总是漏水的日子,那些爱上了圆珠笔的日子。为不用白天工作时的蓝色圆珠笔,到处求购黑色的圆珠笔芯的日子。黑色的圆珠笔芯,多么像乌岩头——溪水中那块凌空而坐的圆状乌色巨石啊,它用溪水写下了无数首无题诗。

  你一生中要感谢的事太多,除了那瓣童年的蜜橘,你最想感谢的是诗歌。没有诗歌对于你的哺育和灌溉,你就不会是你,也不会遇到那么多与诗歌有关的人,还有与诗歌有关的时代。记得在大学那简陋的图书馆里抄诗的你,为了抄写洛夫先生的长诗《血的再版》,你的新棉袄袖口上滴满了清水鼻涕。记得你在乡村学校的课堂上为孩子们朗诵诗歌,你为孩子们朗诵过许多诗

橘灯照亮家园

歌，窗外的暮色开始是红色的，后来变成了紫色，再后来就变成了纯蓝，孩子们的眼睛里全是纯蓝的光芒……

朗诵完毕，你的眼里噙满了泪水。

泪水都是人生的无题诗啊。

石桥的桥面，有无数个脚印重叠上去，也遗忘干净的无题诗。

雨水将桥面映衬得油光发亮。

解说员说这是当年挑盐的路。

盐，不就是你寂寞青春时代的诗歌吗？

所以，乌岩头，就是一座最适合回忆的老村庄。在村中陈熙瑛的旧宅内，你倾听到了嘹亮的唢呐——那是一只千工轿替你收藏的。

你看到了雕花大床上的春夏秋冬。

还有那么多老物件。

乌岩头收藏的日子，适宜慢慢回忆。甜蜜的，苦涩的，甚至是尴尬的。当你从乌岩头村走出来的时候，正好与村头怒放的苦楝树仰头相遇。

一年好景君须记，
最是橙黄橘绿时。

为什么会记起了这首诗，还是因为尴尬得无法言说的苦楝果。那一瓣甜蜜之后，你一直在秘密寻找橘子树。但你走遍了那

你，那么甜蜜

长潭水库（朱志海 摄）

个湿漉漉的平原，也找不到一株橘子树。后来你就把所有的苦楝树想象为橘子树。也是青的果，金的果。

与蜜橘酷似。那少年的幻想啊。这些珍藏了少年秘密的小幻想。可笑的小幻想。小橘子的幻想。在枕头叮当作响的青色的苦楝果。金色的苦楝果。

很多人生有许多相似的面貌，但命运的底色是完全不一样。

唯有童年中最闪亮的黄岩——你对于黄岩人满心羡慕，可以每天都吃蜜橘的黄岩啊。

你，那么甜蜜。

橘灯照亮家园

6

  甜蜜还在继续。

  你似乎寻找到了甜蜜的源头，如同梭罗瓦尔登湖般的长潭水库。自从爱上了梭罗的《瓦尔登湖》，你就一直在寻找中国的瓦尔登湖。

  它应该有连绵起伏的群山。

  它应该有奔腾不息的小溪。

  它应该有挺拔茂盛的大树。

你，那么甜蜜

橘灯照亮家园

美丽长潭湖 （孙金标 摄）

你，那么甜蜜

它应该有仙气葱翠的竹林。

当然还有湖水，清澈如初见，如大地上眼睛的湖水。

不，中国的瓦尔登湖还不止贡献了这一切，它还给你贡献了一个风景秀丽的屿头乡。

站在一株八百多年的古樟树下，你决定尝试拥抱一下它。本来你个子就小，胳膊短小，这一次尝试让你觉得，是一根狗尾巴草在妄想丈量一棵大树呢。

无数棵的参天大树啊。

它们的根须，全部连通着那中国的瓦尔登湖的湖水呢。

瓦尔登湖。南宋。

是的，南宋。南宋古寺。南宋大儒黄超然。南宋救火英雄黄希旦。还有书卷气一直绵延至今的柔川书院。

你想到了"灌溉"这个词。寻找瓦尔登湖，其实就是为了安慰那飘荡不定的灵魂。那飘荡一直都在，因为人的渴求从未百分之百的得到满足。安居与迁徙。向内与向外。出世与入世。修身或者平天下。都需要各自的瓦尔登湖。

何况还有中国瓦尔登湖长潭水库灌溉的蜜橘呢？

何况还有中国瓦尔登湖长潭水库灌溉的炊圆呢？

你是独自一个人走到那间看上去不起眼其实很出名的炊圆店的。

    一朝冷暖一朝愁，
    最是炊圆暖人心。

橘灯照亮家园

其实你开始不知道它叫作炊圆。你以为是童年的汤圆。一店的员工都在捏着汤圆。你很想上去帮她们一起做。捏汤圆可是你童年最爱的活计。因为一年仅有一次捏汤圆的机会，那时快过年的我身上太脏了。母亲说你的"鬼爪子"会印在雪白的汤圆上的。你辩解说已经洗了无数遍了，母亲还是不信任你。后来，母亲还是允许你坐在灶房后面烧火，用于蒸汤圆。还有，第一笼汤圆绝对有你一个。

母亲从来没有食言。

你总是会吃到第一碗汤圆。

但你从来没有上桌捏过汤圆。

现在，你在中国瓦尔登湖灌溉的炊圆面前，你的手又禁不住动了起来。不过，热情的店员们没有注意到，为了掩饰尴尬，你用手机扫码买了一只炊圆。

你咬了一口。

太香了。

糯米香。香草的香。肉香。

像青团呢。

比青团多了一个调皮的尖尖小尾巴。

像是一只会游泳的青团。

但炊圆显然不是青团。

糯米粉来做外皮，将糯米粉加冷水和成面团，分成一个

你，那么甜蜜

个剂子，把每个剂子捏成碗的形状，中间放馅。馅有两种，一种是里面包进葱、姜、酒调好的肉馅，跟包子馅料差不多；另一种则是随季节性和口味的不同加入茭白、虾皮、豆腐干、萝卜丝等等。

炊圆的起源在哪里？

你询问了很多人，他们都说是老一辈人传下来的。

你觉得这炊圆的原型就是总是在中国瓦尔登湖里游泳的月亮。

柔川人把会游泳的月亮做成了炊圆。

白月亮炊圆。

绿月亮炊圆。

红月亮炊圆。

红月亮炊圆的颜色是用苋菜汁染的，绿月亮炊圆的颜色是用艾草染的吗？

你的猜想是错误的，不是你家乡的艾草汁，而是长潭湖边的鼠曲草呢。"月亮"和"鼠曲草"，是中国瓦尔登湖畔的童话要素。

  鼠曲草：干燥，全草性味甘，平，无毒。幼苗或嫩株春季采集开水烫后可食，在江西、浙江、安徽等地均有清明前后采集鼠曲草制作清明果的习俗。此外可将鼠曲草与糯米煮饭同食，对脾胃虚弱、消化不良和肺虚咳嗽等具有一定疗效。相传到了上巳节，人们采集鼠曲草和上米粉做粿，作为节日食品和祭祀祖先。

上巳节在宋代之前非常盛大，北宋之后，渐渐式微。而作为南宋的重镇黄岩，鼠曲草炊圆包裹住了一个隐忍而倔强的秘密呢。

7

童话王国在平田乡的"天空之城"。

"天空之城"在平田乡黄毛山山顶。

更加诱惑你的，是黄毛山的位置。

黄毛山是环中国瓦尔登湖也是环长潭水库的最高峰。

你和你的梭罗一起攀岩而上，海拔670米，不算矮也不算高。梭罗讲述他的康科德小镇。你就讲述你和《瓦尔登湖》的故事，比如你怎么从朋友那里借到那本发了黄的《瓦尔登湖》，翻译者是徐迟先生。比如你很想把它复印下来。再后来，你还是决定抄写。

《瓦尔登湖》是你人生中抄写的第一本完整的书。

你说你的很多文字都有瓦尔登湖水的恩泽。

你絮絮叨叨地说着，梭罗肯定听不懂你蹩脚的普通话，但他是听得懂黄毛山上的植物的花朵的讲述。

他比你熟悉那些天空之城的云海。

你，那么甜蜜

还有那些云海每天哺育过的茶园。

云海哺育过的每一片叶片都是与众不同的。被爱过的生命和被忽略的生命是完全不一样的。每一个清晨都没有错过，每一个黄昏也没有错过。

真正优秀的生命会收藏起所有的风和雨水，所有的喧闹和寂寞。

直到云海再次弥漫，再次消散。

你看到了梭罗留在天空之城的小木屋。

小木屋的上空，正是你渴望已久的月亮。

被雨水洗过的黄岩月亮，升在橘林的上空。你以为你眼花了，悄悄揉了揉眼睛，真的有一轮月亮升起来了呢。

它是这个世界最大的橘子灯呢。

8

有一种黄岩甜蜜是艳遇。

有一种黄岩甜蜜是神迹。

有一种黄岩甜蜜是奇迹。

反正，你，那么甜蜜。

……所以，你被甜蜜的黄岩俘虏了。从黄岩归来，你愿意做一个歌颂甜蜜的诗人了，但你更愿意做一只贪心的刺猬，就地一滚，把黄岩的蜜橘们全挑挂在你想象之身上。

想想吧,一个驮着甜蜜月亮的刺猬,仰望黄毛山顶的星空。地球,也是一枚黄岩蜜橘呢。

你,那么甜蜜

若得山花插满头
——台州古韵事断想

计文君

1

台州，山海之地，钟灵毓秀。初到，听闻一则当地的古韵事。

此事发生在宋代，名之为"古"，应该无甚争议，但"义妓"严蕊之事，是否该名之为"韵事"，却让我费了番踌躇。

原本想名之为"逸事"，细一追究，又觉得欠妥当。逸事，指的是前朝散失于史书和记载的事情，通常不为人所知。这件事似乎并非如此。虽说比不上白娘子、七仙女、貂蝉、西施、王昭君，是妇孺皆知的国民故事，但比列于薛涛、红拂、苏小小，约略也大差不差，不算极为冷僻的人物，特别是后来入了话本，成了至今流传的当地传说，算不上散逸了。"逸事"中的"逸"字，容易让人望文生义，有了闲适、有趣的联想，但严蕊的故事毕竟是有血有泪的。言而总之，各种不妥当。

于是，改成了"韵事"，初也觉得并不十分妥帖。韵事，指的是雅事。虽然在某些版本的讲述中，这事儿最后也算是曲终奏雅，但说到底本身是个充满争斗与恶意的故事，这个"韵"字似

四季黄岩（孙佳茜 摄）

乎有些轻薄。不过在严蕊的故事之上，始终缭绕着那首著名的《卜算子·不是爱风尘》，这首词在故事里影响了提刑官对刑事案件的审判结果，也算是韵事。而且时至今日，很多时候，人们之所以知道这个故事，恰恰是它在为这首词做注脚的。

  我在台州听到的严蕊故事，与此前知道的情节一致，只是细节更为丰富。这是当地方家给我的官方版本，也是流传最广的一个版本，情节如下：

  严蕊是台州营妓中的行首花魁。营妓，最初应该与军队相关，但后来地方也设，此处的"妓"与"伎"同意，主要用于提供音乐歌舞，从后续剧情来看，若与官员有私情苟合，也是要入罪的。

橘灯照亮家园

严蕊不仅色艺双绝,而且颇有学识才华,聪颖伶俐。台州当地盛产柑橘,有地方官问询柑橘种类,严蕊朗朗作答:"橘有榻橘、绿橘、乳橘、朱橘等,橙有青橙、绉橙、香橙等,柚有朱栾、香栾、蜜旦等。"又是一年中秋,严蕊应座中客人要求,做了首《鹊桥仙》:"碧梧初出,桂花才吐,池上水花微谢。穿针人在合欢楼,正月露、玉盘高泻。　蛛忙鹊懒,耕慵织倦,空做古今佳话。人间刚道隔年期,指天上、方才隔夜。"

这首词,自然比不得两宋间的名篇,但说来也算不错。时任台州知府的唐仲友对严蕊颇为欣赏,饮宴唱和,必招严蕊陪侍,但止乎诗词风雅,从不曾有所苟且。主张"存天理灭人欲"的朱熹,对放诞不羁的唐仲友不满,两人又分属不同学派,于是就开始了一场弹劾辩驳再弹劾的上书拉锯战。

在此期间朱熹到浙东上任,就将严蕊拘押、刑讯,以求获得唐仲友的罪证。严蕊在狱中数月,几生几死,但她宁愿承受酷刑,也不愿意诬陷唐仲友。在朱熹离任后,岳飞的儿子岳霖到台州任提刑官,审明了严蕊的冤枉。严蕊请求岳霖让她自己决定归宿,岳大人问她想归于何处,严蕊就做了一首《卜算子》作答:"不是爱风尘,似被前缘误。花落花开自有时,总赖东君主。　去也终须去,住也如何住。若得山花插满头,莫问奴归处。"岳霖一笑,便答应了严蕊的请求,让她自便。

据说,严蕊除籍从良后,嫁给了一名姓赵的宗室子弟,后半生安稳幸福。

2

我也是因着这首《卜算子·不是爱风尘》才知道严蕊的。

记忆里很早就知道这首词，似乎是初中的样子，从《人间词话》里看来的。小时候读书难免糊里糊涂的，囫囵半片地看，《人间词话》也不知道什么"刊"或"未刊"的区别，买来的那本带着密密麻麻的注释，注释里有很多有趣的故事，整个中学时代《人间词话》和《世说新语》，都是我的枕边书。记得有一条的注释里提到了这首词，因为太过喜欢那句"若得山花插满头"，洒脱，明媚，看过便不能忘，至于静安先生在那条词话里写了什么，已经不记得了。

那则未刊的词条，静安先生是这样写的：

宋人小说，多不足信。如《雪舟脞语》谓：台州知府唐仲友眷官妓严蕊奴。朱晦庵系治之。及晦庵移去，提刑岳霖行部至台，蕊乞自便。岳问曰：去将安归？蕊赋《卜算子》词云"住也如何住"云云。案此词系仲友戚高宣教作，使蕊歌以侑觞者，见朱子"纠唐仲友奏牍"。则《齐东野语》所纪朱唐公案，恐亦未可信也。

如果不是在台州听了故事，特意按照记忆中的痕迹去寻原文，也找不出这点"意外"来。静安先生说宋人写的野史闲话不可信,这首词并不是严蕊的作品,而是唐仲友的亲戚高宣教写的,严蕊只是在席间演唱了这首词而已。被静安先生推定为"恐亦未可信"的朱唐公案,就是发生在大名鼎鼎的朱熹朱夫子与德行存疑的台州地方官唐仲友之间的那场上书"拉锯战":朱夫子接连上书弹劾唐大人,唐大人也上书辩驳。两人言辞打架的奏疏堆在皇上的龙书案上,南宋的孝宗皇帝就问丞相王淮如何看此事,王相爷淡然回奏:"此秀才争闲气耳。"皇上一笑,朱熹被调离,唐仲友摆脱罪名,这桩公案也就烟消云散了。

  我顺便找了些相关文章来看,这桩公案的存在,与严蕊之事的记载多重合。若严蕊事不可信,则朱唐公案似乎也不可信。据方家考据,比照宋代官方档案中岳霖的任职记录,他也不可能在朱唐公案后那段时间去台州任提刑官,自然也不能做释放严蕊留下佳话的"青天"了。

  《人间词话》写成后,先是在《国粹学报》上连载的,有一些未曾刊发,关于严蕊的这条,应该是其中一条。这一条未被刊发,也可以理解,比起精妙幽微的"隔"与"不隔"、"有人之境"与"无人之境","不可信"也的确没什么意思。虽然对于日后提出"二重证据法"、开中国现代史学之先河的静安先生来说,"信"与"疑"也是大关节、大问题,但那是史学的问题,不是文学的问题,更不是美学的问题。

  一番考据论证下来,不仅"韵"荡然无存,就连"事"都未必存在了。

  这么一追究,原本就寥寥无几的古代女诗人就又少了一个。

若得山花插满头

其实，除了李清照、班婕妤这样有着家族父兄为依傍背景的少数派之外，那些费尽今人心思搜集来的古代女诗人多如这位故事中的严蕊一般，并没有独立的人事档案可供查证，关于她们的那些可供后人追踪蹑迹的只言片语，多半属于某些大人物的故事，是那故事节外生的花枝。

这些节外生枝出来的故事，偏偏生命力格外顽强，原本斜逸出的花枝，会在时间之中越长越大，越丰盈动人，乃至成为主干。譬如那位唐仲友，若无严蕊的"莫问奴归处"，千载之下，谁还会记得南宋的一个地方官呢？那些真的与朱夫子有过莫大过节的"庆元党案"的当世之官，若非有人要治学治史的缘故，今人有几个还会知晓他们的姓名？

严蕊的故事，从寥寥数笔的宋人的笔记开始，逐渐生长，四百多年后，落到了正经的讲故事人的口中和笔下，刊印传世。明代凌濛初的《二刻拍案惊奇》卷十二《硬勘案大儒争闲气　甘受刑侠女著芳名》，这个被裹挟进弹劾拉锯战的弱女子形象变得越发复杂动人，故事的大逻辑与曲终奏雅的版本基本一致，但情节更加一波三折。

明代的说话人很笃定地在话本里总结这个裹挟了严蕊的故事："白面秀才落得争，红颜女子落得苦。宽仁圣主两分张，反使娼流名万古。"

当然，这个话本故事，依然是朱熹和唐仲友的故事，甚至主要是朱熹的故事，是大儒心存成见而犯了错误的故事，但作者在标题上给了"侠女"与"大儒"分庭抗礼的位置，那个与"秀才"相对的"娼流",宛如荒老古树上斜出的一簇粉粉的花枝,显然更加吸引人们的目光,原本那个政治斗争的故事,沦为了暗黑殷红的底色。

3

自崇祯年间以降,义妓严蕊,带着这个故事所赋予的荣光与艳光,活着。

故事中的严蕊,人如其名,带着"义"的严肃有力,也有花的形色香气,蕊的娇弱鲜嫩。命名本身就是一种文学想象。严蕊在故事中的形象,是古代中国社会对于女性的一种经典想象:才华、美貌与德行的结合,在苦难命运与残酷现实中绽放。

多少士人大夫,所求的尘世功业,最终也不过是青史留名,凌濛初笃定地断言,严蕊必然可以万古留名。凌濛初的笃定,来自身处的文化共同体以千年为计时单位的超级稳定带来的信心:可以改朝换代江山易主,但让最微贱之人获得道德荣光和命运褒奖的那套价值评判体系,却是不会改变的。

堪堪又过了将近四百年,这是人类文明"爆炸性"发展的四百年,至于中国,则是经历了"三千年未有之大变局"的四百年。经历了大变迭起的20世纪之后,明代说话人所笃定的那套价值体系已然被彻底改变。轰然倒塌在现代化进程门槛上的这套体系中的碎片,依然堆叠在新的价值体系之中,滋染,浸润,变形,溶解,成为新的价值体系的一部分。在故事中赋予严蕊恒长生命的那个"义",悄然被替换成了别的名称,但依然存在,且依然有力,不然我也不会在21世纪的20年代,在台州,听到她的故事了。

静安先生虽然有着"不可信"的判断,也有别的学者因此进行了论证和考据,但丝毫无碍于我接受严蕊的故事。那些关于她的记录文字,跨越历史时空,穿过了层层的意识形态,才会出现在我的面前。由着这个缘起,我又重温了附在静安先生词话注释中的那条宋人笔记、《二刻拍案惊奇》中的那篇话本故事,顺流而下,我还找到了一些今人讲述的严蕊故事。

这些故事,除了前文概述的与话本和笔记情节基本一致的版本之外,还有一类"翻案"或者"揭秘"性质的版本。这个版本的故事也不只一篇,基本情节大致相同:讲述了荒淫贪婪的台州太守唐仲友,贪赃枉法、鱼肉地方,被他宠爱纵容的以严蕊为首的官妓们,凭借自己的姿色和才情以及小心逢迎,成为唐仲友的政治掮客,帮助唐太守收取贿赂,招权纳贿。连年天灾,再加上唐氏父子的残虐,台州很多百姓都活不下去,纷纷逃亡外地,把状告到前来浙东巡视灾情的提举朱熹面前,随着朱夫子的到来,唐氏父子在台州的猖獗也终于到头。身为唐仲友弄权纳贿中间掮客、已经影响到地方政治运转的严蕊,尽管人住在黄岩县郑奭家中,但她并没有真正脱籍,且又身陷唐仲友案中,很快就被台州通判赵善伋抓捕归案,和她一起曾经在台州兴风作浪、叱咤风云的王静和沈玉、沈芳等官妓,也全部锒铛入狱。下狱的严蕊等人，并没有小说家们想象的那样坚贞不屈、侠肝义胆、宁死也不攀咬唐仲友，而是一进号子就竹筒倒豆子，把自己的罪行以及唐仲友的各种不法行为，给倒了个一干二净。尽管有宰相王淮当后台，由于劣迹斑斑，通过子弟、亲戚、官妓来沟通内外的唐仲友，也终于走到仕途的尽头，被罢官回家。

虽然唐仲友在宰相的庇护下，最终得以释放，严蕊等人的结局却无所记载，按照讲述者的推测，多半是死于狱中。这篇用现代汉语书写的古代故事，叙事用的是民间故事的演义腔调，但议论判断的部分，用的是更接近拙劣论文的刻板学术腔调。至于那首著名的《卜算子·不是爱风尘》，在这个故事中，自然也就无从着落在严蕊身上了，甚至没有空间去安放这首词，因此这首词作为诸多的虚构证据，只能出现在最后的议论部分。讲述者犀利地指出："历代小说家们的美化加工包装下，严蕊已经从低贱有罪、为虎作伥的官妓，摇身一变成为侠肝义胆、贞烈不屈的侠妓，再变成生活优渥、夫妻恩爱的宗室贵妾，形象是日渐丰满、高大伟岸。"

这实在是一个不美好的故事。单就上面所描述的贪腐唐仲友与掮客"严蕊们"，很难成为一个故事，更不要说流传数百年了。看他引用的资料，可靠与否姑且搁置不论，至少都注明了来源，遵守着学术的基本范式。只是那些引文所能提供的唐仲友与严蕊们的"犯罪事实"，不过是几个银台盏、一匹逾越官妓身份的贵重绸缎之类，所办的事情也不过底层官吏寻门路推掉苦差谋些好差事，实在缺乏能进入故事的贪官令人惊愕的财富量，如严嵩、和珅之流。一些庸常的贪腐官员与攀附官员的妓女，历朝历代皆有，司空见惯，根本无法进入故事成为传奇。这个故事之所以能够成立，是因为它在"还原真相"——这个故事真正的内在叙事动力，恰恰是由历代小说家"加工"的严蕊故事提供的。

根本不用多困难或者复杂地考据，纯然作为一个阅读者都能判断出来，如同此版讲述者所指摘的，义妓严蕊的故事是历代小说家"加工"而成，是虚构的，但这样的虚构叙事背后，联结的是一种建设性的、肯定的价值观念和美学观念，而他还原出的"真相"，则是一种与之相反的叙事。

4

我接受严蕊的故事，是作为叙事，而非历史。

因此，虚构不是问题，更不是"罪过"。靠着叙事，去追究在真实的社会历史时空中，一个具体的女性生命个体，到底发生了什么，她的生命经验和精神实质到底是什么，如果没有可靠的历史档案资料或本人留下的作品文字，是一件非常困难且意义不大的事情。即便是朱熹这样的名标青史的大儒、唐仲友这样有着官方档案和诸多记载的主流士大夫，这种还原依旧是困难的。都是白纸黑字考据出来的，鱼肉乡里也是他，修桥补路也是他，善人恶人，孰真孰假？对于听故事的我，并不介意。当然，人文社科学者秉持着专业研究目的进行的考据不在我所谓的"不介意"

之列。但那个"实在不美好"的故事，让我不舒服，甚至还生出了淡淡的悲哀。

既然是虚构，挣脱了所谓"真实"的约束，那就有无限的自由。然而正因为这份自由，却需要更为充足的理由。如同飞翔需要驾驭复杂的力，好的虚构叙事同样需要驾驭复杂的价值理念。显然，前文所引的那个"不雅"的版本，它的叙事不是飞翔，而是坠落。

我无意上纲上线去苛责那位讲述者，虽然他生成了这个让我不舒服的故事，但责任不在他，至少主要不在他。他未必很自觉，只是更为强大的力量通过他掌控了叙事。"解构"毫无疑问已经成为今天习焉不察的意识形态之一。

揭穿古典主义建构的优美或者崇高的"虚假"面具，露出丑陋的真相，这是现代主义在一百年前就开始做的事情，所谓"祛魅"。等到了后现代，这场原本带着严肃悲剧色彩的人类精神戏剧已然成为游戏，这场引发了人类重大精神危机——这场危机至今并未结束——的游戏，在大众传媒的帮助下，早就溢出了文学艺术领域，自然也就失去了与审美和思想相联结的"创造性破坏"的力量，变得孱弱，稀碎，但这种弥散的、带着腐蚀性的"破坏力量"沦为一种触手可及的和炮制别样吸睛故事的套路。当下，全民皆媒体，流量即金钱，于是，每天都在生成着海量的"伪解构"性质的通俗叙事。上面那个"不雅"版本的严蕊故事，正是此类叙事之海中的一滴水。

这是片荡漾着腐蚀性液体的海，蒸腾弥散着有毒的水汽，那份腐蚀性在很多时候还会被误解为"尖锐""犀利""充满洞见",甚至"深刻"。事实上,这样的叙事与任何思想体系、价值体系都毫无联结,已然成为文化空间的"雾霾",排入人文大海的"核废水"。

我随即按照随处可见的"论战"套路,模拟了一番驳诘:即便如此,又如何?"雾霾"有什么可怕的,过两天一阵大风,就刮没了,又是湛湛青天朗朗乾坤了,你要乐观;"核废水"怎么啦?不需要征得你的同意,就没必要尊重你的感受,你不舒服可以对等报复,这就是自由的模样。

我模拟的驳诘,尽量去学了颟顸霸道的腔调,依旧是弱的,有着逻辑和道理的模样。事实上,站在这样叙事背后是更为野蛮和残暴的力量。无论是作为现实还是作为隐喻,面对这样的"理直气壮",我除了些微的忧虑和悲哀,说不出什么了。

在这样一个每天被叙事建构的景观主宰的社会里,真正地具有建构性的叙事却越发罕见。那代表着人类蓬勃向上的精神力量的人物,在叙事中变得越来越罕见,那种充满肯定性的叙事,越来越罕见。有些貌似肯定的叙事,经不起打量,仔细一看,多半是以优绩竞争的逻辑生成的励志鸡汤,或者自欺欺人的精神胜利法。

我想我是想多了,算是杞人忧天,被人嘲笑前先自嘲。其实嘲笑在我看来,依然还算是一种理解。再往前一步,则是诚实的困惑:你到底在说什么呀?

我把飘飞的思绪拽回来,拽回到真实的台州,还是寻到了安慰：至少斯时斯地，"若得山花插满头，莫问奴归处"的悠悠古韵依旧在台州回响；隔着近千年时光，回眸一笑的严蕊，依旧洒脱，明媚。

若得山花插满头

橘花之盟

周晓枫

春天，仿佛让万物复苏与繁茂的偌大方舟在我们身边停靠下来。四月的南方，湿润，清新，少女眼睛里微漾的泪光那么动人。穿越万米之上的云层，我来到中国蜜橘之乡黄岩，想去感受十万亩橘花散发的香气。

黄岩的柑橘种植历史悠久，品种丰富。我喜欢参观果园，无论是在采摘季还是专为赏花而来。可惜迟了几天，等我进入黄岩的橘园，多数花瓣凋谢，已经开始坐果了，萼片上托举着珍珠大小雏形的颗粒。偶尔还是能找到开花的树。原来开得如此浓密，朵瓣牙白、蕊柱鹅黄的小花，密布枝丫。梗相对长，加上星芒状的瓣，橘花的样子看起来就像袖珍仙女的魔杖。自然真是神秘，竟能从这样精巧的花里，慢慢酝酿出圆满的橘实。

橘子外表金黄，剥除之后，隔着里面丝丝缕缕的絮状物，然后才是半月形的囊瓣。吃橘子的时候，人们把絮状的帐幔和坚实的籽核，都放在功能如小碗碟的橘皮上。橘子不仅自带容器，而且是内有小包装的水果，十几瓣橘子可单独取用。当橘瓣被剥除得仅剩一层薄膜，手感绸样细滑……裹衣薄软，像十几个姐妹羞涩地抱拢一起。水果的样子各具童话感。比如同样黄岩盛产的东

橘花之盟

魁杨梅，和橘子相反，全无包裹地裸裎着，散碎的深红蜜粒凝结在果核上。再像荔枝，像某种棘皮动物，比如幼鳄虚张声势的外皮，它身着中世纪的小小铠衣。想想橘子之妙，除了水果所普遍具有的神奇，它又是如此平易、家常，微酸带甜，一如生活本身的滋味。

我们在橘树之间穿行。橘树甚至不太像树，看起来倒像一蓬蓬长大了的茂盛灌木丛。远远地，在橘树之间的缓坡形成的夹角上，我看到一个果农的背影。虽然距离不近，我依然能看清他身背橘红色的玻璃钢喷雾器，穿着高筒黑胶靴，他像一只勤勉的工蜂，忙碌在珐琅质的正午。如果有雨，水流就会汇聚在果农走在的渠沟，而此时，清凉的，只是他脚下枝条形成的阴影。果农向

橘园光影 （喻跃翔 摄）

橘灯照亮家园

矗立在黄岩柑橘观光园内的橘神雕像 （毛雪琴 摄）

果园深处走去，很快被自己寂静而美好的劳动淹没。每朵花，都是与春天结盟的标志。橘花此刻看似单薄，但在硕果累累的秋日回忆起来，才知道这样的春天，它创造之手有着多么有力的骨节。想象数月后的果农，手执环剥刀灵巧地采摘——他会在劳动获得的慷慨回报里，感到怎样微醺的喜悦？

　　一条小河穿过橘园，几个浣衣的妇人裤脚挽起在波光密集的水流中，衣杵捶打的声音时起时落。她们脸色赤红，腰腿圆大，不是古诗中的抒情形象，体现的却是日常而结实的本貌。古老的劳动，古老的生活，千年如斯。如果今夜仰望星空，它是否就像

橘花之盟

一座古老的橘园呢？那些金色的闪光果实，那些陪伴我们的甜蜜。原来，那些关于美、关于诚实的法则千年不改，一座橘园已概括太多的隐喻。

橘园后方，坐落着中国柑橘博物馆。

门口的橘神雕像，似乎并不年轻，她的体态腴润，韵致成熟，大约是因为她代表着丰收的祈愿。东方女子特有的圆润面庞，疏朗而娴静的五官——她裙袍曳地，只露出隐约的足尖，手里拿着一枚饱满的橘子。橘神有着劳动者朴素而满足的安详神情。我对应地想起西方的许多女神雕像：赤裸，倦慵，除了诱惑，她们简直无所事事。想起东西方的此种差异，我不禁微笑。

博物馆门口放着一个巨大的根，这就是橘树秘而不宣的力量。橘根盘错，沉入深渊，才能支撑满枝丰盈的果实。我们看到树冠，就应猜到黑暗中那倒影般的宿根。如果枝条间哺育过飞鸟和昆虫，那根须之间也必然供养着同样丰富的隐默生命。大量展品和展板，普及着有关柑橘的科学知识。植物分类很有意思，填写在纲目科属的理性框架里的，是古典而感性的抒情。橘子族谱附近的枝枝蔓蔓上，铃铃当当，都是随风起舞的悦耳名字：五桠果目、河苔草目、桃金娘目、伞形目……树状图形成鹿角般的枝杈，世界充满生动之美。在古文字形变化的说明中，我有了另外的有趣发现。柑橘，是橘、柑、橙、柚的总称，称呼无论怎么变化，字形里都隐藏着"口"字，可见人们难以抵抗橘柑的诱惑，唇齿之间须臾不舍离开它的美味。

参观过橘园，我们又来到黄岩的著名景区布袋山。刚进山，就下了毛毛雨。北方的毛毛雨再小也小不到如此精微的程度。灰色光线中繁密的乱针，落到皮肤上却毫无重量和感觉。润物无声的雨，下得人心里柔若无骨。就在细雨中攀登。山有野趣，步道由各种材质组成。土、石、木、岩块和竹节，这条五味杂陈的路，走着走着，就水净沙明。桃花源匿于武陵，这里亦有袖珍的一座。到处是参差的绿。音阶般的流水，有时如琴低诉，有时雄浑如交响。行道上经常有千足虫闯入，身上附着金属色泽的华丽漆彩，小火车一样平稳而高速地移动。飞鸟轻灵，身影一闪即逝，尾羽像精巧的剪锋般对称张开。雨渐停，在别处可说的"细雨收尘"，在布袋山却是不成立的，因为，"何处染尘埃？"布袋山令人忘却烦辱，我想起朱熹的句子："莫问无穷庵外事，此心聊与此山盟。"

  我们住在布袋山脚下的村舍。村里的狗温柔害羞，听任小孩子或轻或重的手脚揉搓，却低头躲开游客的直视。院子里散养鸡鸭。公鸡冠宇嚣张，赤红着一张余怒未消的脸。有时几只体健者联合起来欺侮一只看起来孱弱的公鸡，后者在频频袭来的喙锋之间闪避，并仓皇地试图从围剿中逃脱——它有时误入母鸡阵营，这引发了新的误会和讨伐。鸭子倒是自律者，无论行动到哪里，队伍总是排成整齐的一行。村里的食物绿色天然，餐桌上有当地特产的走地鸡、紫山药和一盘暄软的白馒头，已是简单而香气四溢的美味。

  当晚布袋山举行黄岩每年一次的"橘花诗会"，诗人们举樽邀月、对酒当歌。我独自漫步小道，在朦胧的树影之上，山村的

黄岩官河古道夜色 （汪琼瑜 摄）

月亮浩大、端庄。

  我总是想象月亮背面有更多的阴影，也许，唯有我们目睹的这面，月亮才雕镂着如此美妙的工艺。在这样的夜晚，恍惚于月色之中，我重回归沉静。事实上，许多时候我听不到自己的回音，某种声呐系统被破坏掉了。身体里的寂静区域，会突然爆发出啸音——那本来不属于灵魂的分贝。我失去了内心必要的空旷，太多的纷杂事物相扰、挤压了空间；而自己也混沌，随波逐

橘灯照亮家园

流，沉浮于事。有句话说：你不能叫醒一个装醒的人。如果我们试图唤醒装睡装傻装糊涂的自己，也许不需要持续叫喊，也许，只需要月亮的静寂。漫游乡村，我心怀祈祷，但愿未来一如璞石，有着埋藏在朴素里的奇迹。

是夜浩荡，月亮圆满、芬芳、灿若金橘。我由衷地体会到，美，永无终点……因为大美之中，有着任性而至尊的自由；而自己对自由的热爱与敬意，天平对面，没有什么东西可以称量。

橘花之盟

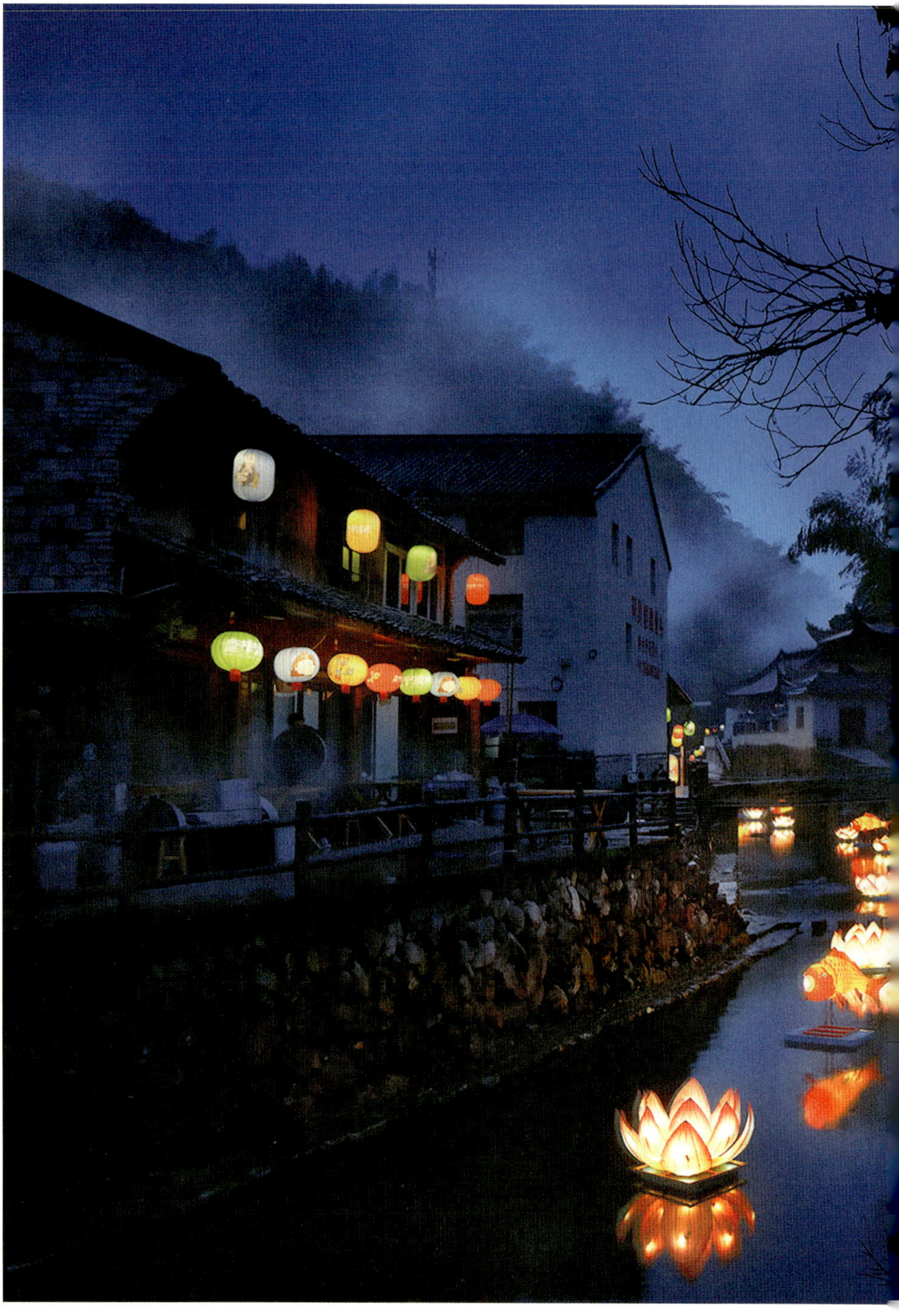

布袋山夜色酣 （梁雷宾 摄）

李晓东

五洞桥的乾坤

多年前，现已是中信出版集团董事长的陈炜兄散文集《那些年》写就，嘱我作序。虽甚惶恐，但还是应承下来，认真把全书二十篇文章读过。书中所述，俱为20世纪80年代中期的黄岩旧事。令我印象深刻的，是那些年在黄岩已蓬勃兴起并很具规模的个体经济，以及勇于创业的人，虽然有的成功、有的失败，就书中所及，似乎不如意者还略多些，但却都义无反顾地走向了新路。而同时期我的家乡山西省武乡县，还几乎完全处在农业社会，外出打工者都很少。有的，是十一二岁的女孩子，辍学后到太原、长治给人家看孩子，我舅舅姨姨家的五六个表姐表妹，都是这样。

到了黄岩才知道，这里不仅有发达的市场经济，是"模具之都"，还是蜜橘之乡，并且拥有非常深厚的历史底蕴。"东南形胜"者，不仅在于"三吴都会"杭州，浙江全境，俱承嘉山胜水，流文脉风雅，同时，占据科技创新的高地，用现在的话来说，就是拥有"新质生产力"。

新质生产力之最直观体现者，首推五洞桥。中国河流众多，河上有桥，名桥自不在少数。古诗词中，"桥"更赋予意境深致

五洞桥的乾坤

的文化含义,"鸡声茅店月,人迹板桥霜""二十四桥明月夜,玉人何处教吹箫""念桥边红药,年年知为谁生"……现代有"红雨随心翻作浪,青山着意化为桥""你站在桥上看风景,看风景的人在楼上看你",但造桥,却实实在在是一个技术活。

小学课本里,曾学过《赵州桥》,用小学生能懂的语言,简明清晰地讲述了中国现存最古老的桥梁建造的原理、形态、功用,以及力学、水利学知识。著名的石拱桥还有卢沟桥、颐和园十七孔桥等。比之前述,五洞桥的名气、形态要小很多,既没有千姿百态的小狮子,将建筑技术和雕塑技艺融合,也不会在冬至日落时金光穿洞,天文学与建筑学乾坤共舞,却依然别有奥妙,用一句耳熟能详的话"凝结了古代劳动人民的智慧"。

五洞桥跨黄岩市区的西江之上,江不甚宽,旧时以江为界,分城内城外。于是,江天然地成了黄岩的护城河。城内俱徽派建筑,白墙黛瓦、飞檐翼然,临河照水,顾影自盼。西江水缓,平如碧镜,屋入江中,便如着了绿色水彩。我忽然以为,吴冠中的江南,其色彩灵感,应来自河中倒影,而微风扬波,潋滟聚散,又天然地印象派感觉。屋间走巷,青石为径,窄窄地前行,两边一家家店铺。仿佛回到了茅盾《林家铺子》的旧时光。然而,《林家铺子》叙写了在外来资本吞蚀下乡村商业经济的崩溃,眼前这些店,却是新时代浙商的起点与乡愁。万里来归,无论如何风云风光风度,乖乖地在小摊头上买只黄岩蜜橘,放一瓣进嘴里,默念起《阿长与〈山海经〉》。

杏花春雨江南、小桥流水人家,桥小,却别有乾坤。石拱之术，中国古代发展非常成熟，北方的石拱窑洞，随处可见。然桥立水上，既承受桥面车马行人来往，又时时为水冲击。西江连海，水量有时大且激，桥洞中船只川流不息，诸多要求，须同时满足。五洞桥拱圈矢跨为二分之一，即每孔跨度为拱顶至水面两倍。每洞拱圈五道，采用无铰拱石，砌置方式以分节并列为主，直与横拱石相间，半拱部用长条石纵联，加固拱圈。桥墩筑"分水金刚雁翅"，三角形石尖迎向来水，减弱水流冲击，其原理若飞机海豚形机身然。拱圈与桥面间设超过桥宽的长条石，联紧两侧边墙，将一块块石头，凝聚成坚固坚强的整体。

桥栏有柱，上绣莲荷，"清水出芙蓉，天然去雕饰"，岁月既深，凭栏望海、扶柱而过的无数手，轻抚出石头的温柔。与通常坡形桥面不同，五洞桥桥面是五折的，由此可推知，当初设计时，此桥便用于行人而不可过车，即使马车驴车，亦无法畅快通过五折的桥面。那么，五洞桥便是一座人行桥了。2002年，我在2010年中国上海世博会申办办公室工作，得知计划在黄浦江上建一座只行人、不过车的"人行花桥"，鲜花行人，人面桃花相映红，可惜终未实现。到此方见到现实中的人行花桥。桥面台阶，隐蔽处蝙蝠翔舞，镂空，实为雨水入河之孔也。"五福临门"，与五洞对应。五洞对称，倒映为十，十全十美也。不远处，见九峰山，《周易·乾》"九五，飞龙在天，利见大人"，实用、美学、数理，俱在其中矣。

"实践是检验真理的唯一标准"，古今一也。五洞桥近千年英姿，与湖光山色、花鸟虫鱼为友，仿佛岁月静好，其实负重

屹立、艰辛备尝。1933年，西江闸建成，设计流量每秒141立方米，闸门开启，洪流带着杂物，直冲桥墩。艾青名篇《礁石》"一个浪，一个浪/无休止地扑过来/每一个浪都在它脚下/被打成碎沫，散开……//它的脸上和身上/像刀砍过的一样/但它依然站在那里/含着微笑，看着海洋……"，礁石可以遍体鳞伤，五洞桥却没这资格，她必须毫发无伤，方不会溃于蚁穴。1958年，建设长潭水库，急需运输物资，填平桥面，古代人行桥变身现代公路桥，载重汽车日夜不停，五年承重，仅拱圈少许开裂。

橘灯照亮家园

黄岩官河盛景 （徐方华 摄）

以古代之桥承现代之车，不仅是时光的错位对接，更足见桥梁承重，已远超其建设时代。

桥边一人，官帽官衣，目光温柔却坚定地注视五洞桥，似有所思，面容清俊恬淡。他是赵伯澐，宋太祖赵匡胤七世孙。任黄岩知县时，建五洞桥。今日存世之桥，虽为清雍正年重建，然仍依宋制，从中可见宋时建筑工艺技术之高超，建筑经典《营造法式》诞生于宋，良有以也。

五洞桥的乾坤

断鸿声里

江 子

1

到浙江台州市黄岩区，我最想探望的人是杜浒。他是黄岩杜家村人。他是我的乡党文天祥的战友、生死相依的兄弟。他是文天祥成仁取义的人生中非常重要的一个人。从某些程度上来说，是杜浒成全了文天祥。——如果没有杜浒帮助，文天祥不能逃出元军大营，文天祥后面的孤忠大节就无法谈起。

并且，杜浒还在我的家乡打过仗。他和文天祥共同经历的空坑之战，就发生在江西吉安的永丰。如此，说他是我的故乡吉安的亲人，一点也不为过。

到黄岩，立即奔赴杜家村。黄岩不大，不到一平方公里，杜家村在黄岩北面。杜家村亦城亦乡，到处是高楼和独栋的楼房，却同时处处见菜地，和不知种下何物的大棚。蛇一般粗的电缆在半空纠缠不已，它们能够通向南宋吗？村子南面一座大山，不高，却苍翠欲滴。正是初夏，天空湛蓝，白云如羊群滚动。

当地一六十出头的矮壮男子接待了我。他用当地口音说他就是杜家村人，全村一千五百多人，但他不姓杜——七百年前，杜浒也是这么说话的吗？他告诉我说村子旁边的山叫翠屏山，山中有樊川书院，朱熹曾来讲过学，是理学濡染之地。他把我们带到了一座飞檐翘角、门匾写着"清献堂"的祠堂前，说你们要找的人就在这里。

我想看的是杜浒，可我先看到的是杜范。他是祠堂的主人，也是杜家村的族人。祠堂陈列着他的事迹：南宋嘉定元年（1208年）考中进士。在州县做官多年。后调入京城，历任监察御史、吏部侍郎、兵部尚书、礼部尚书，终官右丞相兼枢密使。他是宋理宗时期国之柱石，无论事功还是品格，都堪称典范，为官三十多年，家中田产未增一分，老家房屋依旧十分简陋。史家认为，在南宋一百五十多年的三十多位丞相中，以清廉、耿直、公正、忠诚而论，杜范应列首位，因此被誉为"南宋第一相"。他死后谥号"清献"，所以杜家村又名"清献堂"。

祠堂里的文字介绍杜家村的历史，说黄岩杜氏始迁祖、工部尚书杜羔，为避黄巢之乱，于唐末举家自长安杜曲樊川南迁到黄岩院桥柏岙，嫡孙杜衮再迁居北城翠屏山下的杜家村。杜氏自唐末开村到宋末近四百年时间里，贤才辈出，北宋咸平三年（1000年）进士杜垂象，为台州第一位考中进士的人。他的孙子杜谊，则以孝行载入《宋史》。南宋时期的杜煜、杜知仁都是朱熹门人，创立了朱子学派在浙江的唯一分支南湖学派。杜范自小拜于杜知仁门下，勤学苦修，终成一代贤相，为黄岩杜氏人文之巅峰。

——在祠堂一张杜家村杜氏世系图面前，我在右下角找到了

"杜浒"。他的上头，血脉层层叠叠，仿佛一棵倒立的树，他在树的末梢部。他是杜家村始祖杜衮第十代孙。他与杜范的关系，是远房的叔与侄。杜范的高祖父杜廉，与杜浒的天祖杜二郎，是同一个祖父的堂兄弟。

从这张世系图的位置来看，杜浒显得不那么重要，只是屈居于图的右下角。他的父亲名簏，不知是个什么人物，我猜大约是个乡村读书人。他是杜簏的独子。而他也有一个独子名伯一。之后，血脉再没续载。而其毗邻的左边杜范生殖力强大，膝下有六个儿子，九个孙子。对比之下，杜浒一脉，显得更加单薄。杜浒在图中的存在感，就显得更加低弱。

可在我心里他是重要的。他才是我今天要拜访的主角。我想看看是什么样的村庄哺育了如此个性分明的他，什么样的山水、自然与人文，造就了他的侠义与血勇？

可事实上他对这村庄是重要的。他是这个村庄文脉的衣钵传人，也是给这个村庄带来巨大影响的人。他的命运，与整个南宋的命运紧紧地拴在了一起。而他的村庄，也因他的命运发生了根本的改变。

2

德祐二年（1276年）正月的一天，时任除浙西、江东制置使兼江西安抚大使，知平江府事，住在西湖边的临时官邸里的文天祥收到一张名刺，一个自称是杜浒的台州人向他求见。

那时候文天祥的心情，用悲愤莫名、孤独无助来形容，一点也不为过。窗外冬天的西湖水冰冷平静，而文天祥的胸腔时而火炉般炙热，时而冰窖般寒凉。回想一年来的经历，文天祥难免会有报国无路之感。

事情还得从一年前说起。德祐元年（1275年）正月十三日，还在赣州知州任上的文天祥收到一份诏书，诏书以太皇太后谢道清名义所写，词句极其哀痛恳切，说元军闯入长江，京城危机，恳请"文经武纬之臣，食君之禄，不避其难；忠肝义胆之士，敌王所忾，以献其功"。

捧着诏书，文天祥顿时泣不成声。

自咸淳十年（1274年）十二月，元伯颜大军自襄阳抵鄂州至今，仅仅一个多月的时间，战局的糟糕程度远超想象：先是元军阿术领兵抢渡大江，大败宋军。前来救援的沿江制置副使夏贵见势逃跑，鄂州仅三天就失陷。伯颜以宋降将吕文焕为先锋，率主力顺江而下，宋军纷纷望风降附。黄州失守，蕲州失守，南康军（江西星子）失守，江州（江西九江）失守，安庆府、池州失守……元军势如破竹，宋军水陆主力时已尽失，京城临安危在旦夕……

文天祥立即展开行动，聚兵积粮，并毁家纾难，家中资产全作军费。各路忠义之士，赣州、吉安热血男儿，包括大妹夫孙桌、二妹夫彭震龙等亲朋好友，纷纷响应文天祥的勤王号令，奔聚赣州。不久，文天祥的麾下就聚集了三万人的兵马。

——"天地与道同一不息,圣人之心与天地同一不息"。法天地之不息,这是文天祥《御试策》的重要论断,也是文天祥一生的行动纲领。

文天祥是江西吉安人。江西吉安,乃是儒家文化浸淫之地,欧阳修、胡铨、杨邦乂、周必大和杨万里等人内圣外王人格之养成,即是这种浸淫的重要注脚。

同时,文天祥是白鹭洲书院弟子,白鹭洲书院乃是完全移植朱熹修建的白鹿洞书院的教规而建。

如此,国家危难,各地文武官员畏葸不前,中央政府随时面临解体,文天祥却逆流而上,以一腔孤勇组建抗元勤王军队,就一点也不让人意外了。

文天祥不日奉诏率义军入卫京师。可接下来的各种纠葛让他疑惑不已:

江西安抚副使黄万石等妒忌文天祥声望,上奏言文军为乌合之众,并诬说有部将在乐安、宜黄等地抢劫。朝廷于是改其入卫京城为移兵隆兴府(南昌),经略九江。文天祥按兵不动,上疏申诉。

六月,因主战派将领张世杰率部在镇江焦山阻击元军,京城守卫空虚,朝廷这才下旨文天祥领兵入守京师。

右丞相陈宜中主张议和,视主战的文天祥为障碍,通过谢太后的手将其赶出京城。文天祥没做成京官,而是受封权工部尚书兼督赞,除浙西、江东制置使兼江西安抚大使,知平江府事,领军驻守平江。

时伯颜率元军进攻常州，文天祥派得力将领朱华、尹玉和麻世龙率兵三千驰援常州。作为文天祥勤王军首战，将士们士气高昂，可主和派将领张全隔岸观火坐视不救，文部因寡不敌众，唯有撤退。当义军企图渡过运河向后退却，张全还下令砍断义军士兵攀住船沿的手指致其溺亡，尹玉、麻世龙战死，朱华一人生还。常州城破，元军屠城，全城上万人被杀。

同时，元军右军攻克四安，独松关告急。文天祥受令放弃平江，进驻余杭，援防独松关。可文天祥还没赶到独松关，独松关即宣告失守。文欲退守平江，不料平江守将已打开城门投降元军，文无奈只得率部回兵临安。

时年十一月，元军三路兵马势如破竹向临安挺进。朝中垂帘听政的太皇太后谢道清吓破了胆，选择了与主和派合谋，委派大臣带着国书去向伯颜乞求"和议"，祈请小国之封。

主战的文天祥向朝廷建议，或与张世杰合诸路兵力背城血拼；或由福王赵与芮、沂王赵乃猷亲任临安府尹以稳民心，自己担任副职少尹辅佐他们，誓死保卫宗庙；或太皇太后、太后和恭帝三宫迁到海上，吉王赵昰和信王赵昺二王分守闽、广，开辟抗元基地，保存宗室以图复兴。但朝廷一片和议之声，哪里会听从他的建议？

国运衰弱，壮志难酬，文天祥悲愤莫名。他孤独，他绝望，他渴求知音，盼望盟友。他的临时官邸冷冷清清，朝廷不派人来讨他主意，那些投降派更是将他冷落。谁能知晓他的一片救国之心？杜浒的求见，于他无疑是巨大的安慰。

而拜见文天祥，于杜浒当然是深思熟虑后的以身相许之举。几个月来，文天祥的起兵勤王，文天祥部的常州义勇表现，文天祥的主战态度与言辞，加上文天祥的状元功名与地方治理才能，都被杜浒看在眼里。经过反复盘算，在杜浒的心里，比起那些软骨头的主和派和志大才疏的主战派，文天祥才是当朝智勇双全的大丈夫，胸怀民族大义的奇男子，是值得自己终生托付之人。

杜浒受到了文天祥的热情接见。虽是初次见面，但长期的关注，眼前这位体貌丰伟、秀眉长目的美男子，被战局消耗得满脸沧桑的国家大臣，在杜浒心里早已经成了故知。他向文天祥介绍自己，说他是台州人，官居县宰，是前宰相杜范的侄子，自带四千义军要投奔到文天祥帐下，要与文天祥并肩作战，匡扶社稷……

他肯定没说杜范与自己是出了五服的叔侄关系。他把自己与杜范说得更亲近一些，当然不是为了攀龙附凤，而是为了更好地推介自己的品行与性格，从而更迅速地找到自己的同盟。当下时局，谁都知道，选择战这条路，就是选择了做烈士，就是将生死置之度外，与已经死去多年的大人物攀亲结故只会更让自己置于险境，哪里还会有什么好处可言！

他肯定说到了时局，说到了民族尊严和士子责任，说到了朝廷与江湖，我军与敌军，奸臣与忠臣，生与死……

他们是否谈到了抗金的杨邦乂、胡铨，这些来自文天祥故里的先贤？还有辛弃疾、张俊、赵鼎等等。他们都是南宋主战派先驱。他们有一个共同的特点，就是把祖国的安危、汉家天下的尊严看得高于一切，即使丢失性命也毫不在惜，面对主和派的打压却从不屈服，当今时局，就应该以他们为榜样，以他们的精神来鼓舞士气，凝聚人心……

他们应该谈到了岳飞。此刻他的墓地就在西湖边上，想当年，他起兵抗金，一声令下，应者云集，其岳家军所向披靡，建康、郑州、洛阳，各大城市尽入囊中，以至于金人谈岳色变。虽然最终被奸人所害，但其精神，与江河同奔流，与日月同光辉！

他们还会谈到朱熹吗？追本溯源，杜浒和文天祥，都算得上是朱熹法脉传人。杜浒的族人杜煜、杜知仁是朱熹门人，是朱子南湖学派的创立者，其祖叔杜范成为一代名相，当然也不无朱熹圣人之学的影响。杜氏家风浩荡，杜浒理所当然是朱熹衣钵的继承人。而文天祥曾就读的白鹭洲书院，乃是依照朱熹重建的白鹿洞书院的办学模式创立，主要传习程朱理学，推崇内圣外王的人格修炼。白鹭洲书院的创办者江万里，乃是朱熹的再传弟子，曾就读于白鹿洞书院，受业于朱熹弟子林夔孙。

他们肯定不会谈到临安府的丝绸、美食，绍兴的黄酒，西湖断桥上的爱情传奇……国难当头，他们自诩为战士，这些才子佳人式的东西，他们是不屑于谈起的。

一次相见，一次详谈，杜浒与文天祥，原本籍贯不同、身份不一，天下太平的情况下可能永不相交的两个人，因为战局，成为生死盟友。共同的对国家的赴汤蹈火之热情、性格之血勇，让他们的命运紧紧地拴在了一起。

3

  杜浒可能没有料到,他投奔文天祥干下的第一件事,竟然不是举兵与元人的快意搏杀,而是令人尴尬的九死一生的逃亡。

  1276年正月十九日,也就是杜浒与文天祥西湖相会的几天之后,文天祥受封右丞相兼枢密使,受命前往元军大营议和。杜浒以宣教郎、兵部架阁文字也就是负责档案的小官身份随行。

  这无疑是十分危险的任务。强硬主战声名显赫的文天祥早已是元军的眼中钉,文入元营,元军一定不会放过他。"敌虎狼也,入必无还。"杜浒明确表示反对。但文天祥执意前往,除了文天祥的亲信,人们纷纷避让唯恐不及,杜浒却选择了与文天祥站在了一起。他们才认识几天,可他们已经成了生死相依的兄弟。

  接下来果然如杜浒所料。文天祥到元营后,把原本的议和洽降演变为一场对元军暴行的控诉和针尖对麦芒的辩论。元朝右丞相伯颜不容分说扣留了他。

  二月初五,六岁的南宋小皇帝赵㬎率百官在临安宣布退位,向元朝乞为藩辅。之后,又按元军要求派出代表团以祈请使身份捧降表赴大都呈元世祖忽必烈。文天祥一行亦被押解随行。

  谢村、留远亭、平江、无锡、五木、常州……听着离故国越来越远的桨声,文天祥不由得焦虑万分。如果不及时想出逃脱之法,他们就只有死路一条。所谓的勤王救国,也就只是一句空话。

他们随元军来到镇江,因元军有事需要停留,文天祥一行被安置在一个叫沈颐的乡绅家中。这也许是最后的机会,再不逃脱就来不及了。

可是要逃又谈何容易!沈颐的家中有元人监视他们。镇江街头处处设卡,夜晚还实行宵禁。而逃跑要趁黑夜,走水路。他们大都是人生地不熟的吉安人,他们根本不可能搞定监视者,联系上能为他们提供从沈家到运河边十余里路程的向导服务、一路的通行证明和被元军以军用物资征用或管控的船只的人。

可以说,这是中国历史极度危险的时刻。悲愤之中,文天祥日日握刀在手,随时准备自杀殉国。

如果文天祥没有逃脱,中国历史将会缺少多么厚重的一页!

但是他们有杜浒。杜浒是台州人,他的一口台州口音是沟通运河沿线的通行证。杜浒当过县宰,天然具有与市井和江湖交流的能力。元军监视的主要对象是文天祥,杜浒可以自由出入,暗中接触各色人等,无中生有,死里觅活,一点点地搭建逃跑通道。

好在他们有了杜浒。没有杜浒,文天祥此行必死。但文天祥还没到死的时候。上天就在文天祥赴元营议和前派来了杜浒到文天祥处拜访,然后一同到了这生死攸关的隘口,在戒备森严的敌营往来穿梭,于严密封锁中寻求缝隙,将不可能变成可能,将文天祥解救到历史的应许之地。

事不宜迟,杜浒开始了一系列的操作:

他每天喝酒装醉,疯疯癫癫,让元军对他失去防备,他却借此与街头的人悄悄谈论时局，以此判断对方的政治立场与身份。他因此结识了一个养马的老兵，通过许以重金让对方答应给他们做从沈家到运河边的向导。同时又认识了一个姓刘的元兵，通过酒肉骗得了一盏可以在元军宵禁时顺利穿过关卡的官灯。

他们以一千两银子为价，买通了一名为元军管船却心在宋廷的熟人，同意为他们提供出城的船只。

……夜深。在设计将房主沈颐、监视他们的王千户灌醉后，文天祥一行悄悄离开了沈家，提着刘姓元兵提供的官灯，在养马老兵的引导下小心穿过镇江街巷，绕过市井尽头哨卡睡觉的元兵和马群，登上了前来接应的熟人朋友找来的小船，并成功避开了江湾处元军延绵数十里的船队，借助退潮摆脱了发现他们的巡查船的查问，于天亮前平安抵达了宋人控制的真州（今江苏仪征）。

他们的运气好得让他们自己都觉得不可置信。真州守将苗再成出城迎接他们。城内百姓对他们夹道欢迎。文丞相与苗再成纵论战局，宾主甚欢。

"予北行，浒愿从，镇江之脱，浒之力也。匍匐淮甸，卫护艰虞，忠劳备尽。呜呼，可谓义士！"事后，文天祥如此评价杜浒在镇江之逃中的重要作用。

从死亡之中逃脱，杜浒接连紧绷的一颗心总算松懈了下来。

他们不知道，他们的苦难，远没有结束，或者说，才刚刚开始。

或者说，上苍对文丞相一行的考验，才刚刚开始。

断鸿声里

4

到达真州第三日,文天祥一行随两位都统出小西门巡视边防,不料他们突然转身打马疾驰回城,闭上城门,把文天祥一行关在门外。原因是苗再成收到上司、两淮制置使李庭芝的密信,认为文天祥一大队人马不可能从戒备森严的元大营中逃脱,八成是投降后到真州赚城来了,要苗再成杀了文天祥。苗再成素来敬重文天祥,不想担杀文恶名,就采取了如此不得已的方式驱逐了文天祥。

我的乡党文天祥在城墙下回过神来。他屈辱。他悲愤。他立马转赴扬州,要向李庭芝问个明白。

他们开始了新的逃亡。那是比镇江之逃还要危险和艰难的逃亡:

他们行夜路来到扬州城下,正是天亮,文天祥想到进城可能白白送死不值,决定取道高邮、通州,渡海到闽、广追寻二王。

去高邮路上,原本十二人的队伍有四人带着各自携带的一百五十两银子不辞而别。来自同盟的背叛,逃难经费的巨额损失,给了文天祥重重的一击!

他们继续往高邮行进。在一个叫桂公塘的地方,饥寒困顿的他们躲进了一个土围子,不料正巧几千元军经过。死神就在眼前,突然暴雨突至,元军打马赶路无暇他顾,他们才没被发现,活了下来。

　　元军过去,他们到了几里外的一座古庙。为解饥渴,文天祥派出吕武和邹捷去寻水和粮食。不料他们两人撞上哨马被抓,用随身带的三百两银子行贿才被放回。

　　极度绝望之际,几名樵夫进古庙歇息,架锅起火煮了一锅菜粥,见文天祥一行饥渴,分了一点粥给他们吃。柴火菜粥,暂驱饥寒。

　　五更时分,他们跟着樵夫离开古庙,到贾家庄,吃得一顿饱饭,等到太阳西沉,再奔高邮。上路不久,忽有五骑冲到眼前,自称扬州守军地分官,挥起刀见人就砍。文天祥拿出银子,才终免一死。

　　他们请了雇工,在雇工引导下连夜赶了四十里地,到了一个叫板桥的地方,大雾弥漫,不问东西。浓雾散去,又见元军骑兵,他们急忙躲进旁边竹林。元兵对竹林挥刀乱砍和举箭乱射,张庆右眼中箭,脖子挨了两刀,邹捷脚被马蹄踩中,血流如注,王青被抓。杜浒和金应也被抓,用随身带的黄金行贿才得自由。文天祥数次差点被发现,可终究躲过一劫。

　　元军撤走,他们继续前行。此时的文天祥已经极度虚弱,溃不成行,又遇上一群樵夫,找来一个箩筐让文天祥坐于其中,他们轮流抬着,才于当晚赶到高邮西郊一个叫陈式店的村子。

　　天亮,到高邮城下。此时的他们,血污未洗,箩筐未撤,衣衫褴褛,如同丐帮。因收到传文缉拿文丞相,高邮城问明他们身份不予收留,也不抓,让他们自寻生路。

文天祥无奈，转搭船东往泰州，又抵达通州，再至温州。整个逃亡才算结束。

——这是身为丞相的文天祥九死一生的遭遇，也是大厦将倾的南宋真实的社会生活图景，是中国历史十分危险、凋敝的时刻。时隔七百多年读之，依然令人窒息，让人喘不过气来。

这当然也是怀抱信念、向死而生的壮烈行旅。没有鲜花只有泥泞，没有风和日丽只有腥风血雨，我的乡党在受难，同时也在吸取乱世中的能量。走过了这一道类似鬼门关一样的旅程，文天祥就再也没有什么可以畏惧的了。

——整个艰苦卓绝的行旅，是黄岩人杜浒与文天祥等共同完成的。文天祥到扬州想找李庭芝要说法，是杜浒劝他勿作不必要牺牲，应前往通州追寻宋主；文天祥饿了，他为文天祥找吃的；文天祥体力衰竭，他扶着文天祥，联系上樵夫抬着他走；文天祥情绪失控，是他在一边悉心安抚。古庙里的樵夫之粥，文天祥吃到的肯定比杜浒的多。他是文天祥的锦囊计、定盘星、压舱石，是文天祥的策身之杖和力量之源。或者说，他已经成了文天祥的一部分。从德祐二年一月二十日出使元营起至三月二十四日到达通州两个月时间，他们早已成了不可分割同生共死的一个整体。

我想如此来比拟杜浒对文天祥的重要性：他们之间，是孙行者与唐玄奘，是樊哙与刘邦，是韦陀菩萨与佛法，是桥与路，是桨与船！

真要感谢这段行旅！如果说在此之前，杜浒在历史上还只是个面目模糊的人，那经过了镇江之逃和通州之逃，杜浒的面目已

橘灯照亮家园

然清晰。他狡黠，活泛，善于与引车卖浆者流打成一片，是个深谙民间生存智慧的人。他智勇双全，心细如发，敢于从无路处开凿出路来。他慷慨，重义轻利，逃亡路上，为买通各路人等花的金银不可计数，其中不少一定来自他的家产。他忠诚，弘毅，怒目金刚，又侠骨柔肠。他也不无崩溃时刻，比如从镇江艰难逃亡到真州却突然遭逐，他就完全失控仰天号哭，几次要挣扎着跳入城壕自尽。可冷静下来后，他依然贴身护卫着文丞相，一步步地凿通这几乎不可能完成的求生通道。

"贵卿（杜浒）与予同患难，自二月晦至今日，无日不与死为邻，平生交游，举目何在？贵卿真吾异姓兄弟也。"这是文天祥对杜浒的评价。"吾异姓兄弟"，追随文天祥者众，能得到文天祥如此评价的，唯杜浒一人也。

5

得救后的杜浒陪同文天祥走海路经浙江永嘉到达福州。在福州的南宋流亡政权任命文天祥为枢密使、同都督诸路军马，经略江西，于同年七月中旬在南剑州（今福建南平）开府，高举复国大旗。几个月前九死一生的经历让文天祥威望大增，一时间，文官武将，旧部新军，纷纷来投。

景炎二年（1277年）五月，文天祥率同督府军开拔越过梅岭进入江西，拉开了收复江西之役的序幕。

连续三个月，同督府军势如破竹，夺回了赣州的雩都、兴国、虔化、信丰、瑞金、石城、安远、龙南、会昌，吉州的吉水、永丰、万安、永新、龙泉，袁州的萍乡，抚州的崇仁等，取得了江西大捷。四方义军纷纷加盟，所在义兵不可计数，同督府号令通于江淮。

在东南，为配合张世杰部讨伐降将蒲寿庚，义军与张部将高日新一举收复了邵武军。连片抗元的局面，也逐步在东南形成。

然而短暂的胜利并不能掩盖敌强我弱的事实。宋廷已朽，天命难改，历史的进程如江河浩荡，宋亡，乃是谁也阻止不了的命运，文的抗元，不过是一场螳臂当车的悲剧。为对付江西抗元力量，元廷专设江西行中书省，部署重兵南下。义军在元军强大的攻势下纷纷溃败，八月十五日，元军精锐杀到同督府驻留的兴国，文天祥只好率部向永丰转移，二十七日晚文天祥在一个叫空坑的村庄正要将部将和幕僚招来商议下一步该如何打算，忽报元军已经逼近，文天祥被属下拉出了山寨沿路奔逃。多名将领和幕僚在此战中战死或被俘遇害，文天祥夫人欧阳氏，妾黄氏、颜氏，次子佛生，次女柳娘，三女环娘，也在此次战斗中被俘。

经此一战，同督府军元气大伤，失败已成定局。

文天祥召集残兵奔赴循州，驻扎于南岭。景炎三年（1278 年）三月，文天祥进驻丽江浦。六月，入船澳。

整个战局，杜浒与文天祥如影随形。查阅文天祥战江西时段的信息，有关杜浒的笔墨并不太多。但从他被同督府奏授带行军器监、广东诏谕副使兼同督府参谋官这一职务来看，他已成为文天祥同督府决策圈的核心成员，成为文天祥身边负责军需、外交、参谋等方面的最重要的角色。

  几个月后，也就是景炎三年六月，杜浒暂别了文天祥，去执行新的任务：领军护送承载着流亡政权的海船去崖山（今广东新会区）。几个月后，当他们再次在广州相见，他们的身份，已经从南宋的抗元将帅，变成了元军的阶下囚。——文天祥于景炎三年十二月兵败五坡岭被执，杜浒在祥兴二年（1279年）三月崖山之战中被俘。

  眼前的杜浒简直让文天祥不敢相认：他病了，并且已经瘦得不成人形，软得不成样子。而过去，他应该是壮硕的，孔武有力的。面对自己最信任的上司，三年来亦步亦趋的战友，他应该有太多的话要说，可是，他已经没有说话的力气了。三年来的逃亡与战事，烈火烹油的战场，置身其中的煎熬，已经完全消耗了他的能量。——或者说，他已经履行了自己的职责，完成了自己的使命。今天的结局，是从自己决定投身战场起就已经预料到的事。他与世界已经两不亏欠，说与不说都没有意义了。而且不仅是言说，就连生死，对他也已经不复重要了。

  几天后，杜浒病逝于狱中。文天祥闻知他的死讯，悲痛欲绝。他集杜诗写就《哭杜贵卿》："昔没贼中时，中夜间道归。辛苦救衰朽，微尔人尽非。高随海上槎，子岂无扁舟。白日照执袂，埋骨已经秋。"

断鸿声里

6

1279年四月二十二日，在元军的押解下，文天祥踏上了北去元大都的路。

文天祥之所以不是就地处决而是被押解北上，是因为此时的他，在元朝的统治者心中，已经成了明星一样的存在。他是状元宰相，是文章与道德俱佳、有过丰富地方治理经验的人。他起兵勤王一呼百应，短时间内就能聚集数万兵马，充分证明了他的人格感召力和影响力。他明知凶险依然出使元营，敌强我弱却毫不怯场慷慨陈词，说明他心怀信念，有着千万人吾往之勇。出使被扣却能想法逃脱，可见他的机敏和耐性。他举数万几乎未经过怎么训练的乌合之众，能数月之内攻克多个城市，打出了一片好形势，说明他虽是文臣，其军事指挥能力也是了得。宋朝初亡，天下初定，蒙古乃是异邦，如何统治这儒家浸润的山河，是这马背上的民族最为挠头的事。当下正是用人之际，文天祥这样集道德力、领导力于一身的人，是元朝统治最为需要的人才。元世祖忽必烈怎么舍得杀如此天纵之才、稀世之人？

可是对于文天祥来说，随着自己被俘及南宋灭亡，这世上已经没有什么值得记挂的事了。作为臣子，他为这国家已经倾尽了所有。历史无情，天命难改，聪明如他，如何不晓得在天下大势面前，个人的作用其实微乎其微。他之举义，不过是在外族侵略面前，为南宋尽一份臣子之责，为汉民族争一炷香火，为汉文化传一盏心灯。如今被俘，万事已了，他已经没有什么放不下了。

橘灯照亮家园

他要做的唯一一事，那就是死。

　　他当然知道，他不是不能活。他知道元人不杀他押解他北上为的是什么。逮捕与押解他的元军首领张弘范早已告知，他们歆羡他的人格与才华，希望他投降，为元朝做官。投降，对很多人来说并没有那么难，宋人上从皇帝下到文官武将，投降者无数，如恭帝赵㬎，太皇太后谢道清，同样是状元宰相的留梦炎，坚持抗元六年的襄阳守将吕文焕，以及吕文焕降元后长江沿途的守将们：鄂州都统程鹏飞，沿江制置使兼黄州知州陈奕，驻守江州的兵部尚书、吕文焕侄子吕师夔，湖北安抚副使兼岳州知州高世杰，荆湖安抚使朱祝孙，湖北制置使高达，浙东制置使李珏，江西制置使黄万石，殿前指挥使兼江州知州范文虎……他们都成了元人的官员。他们领着元朝的俸禄，穿着元朝的官袍，并没有多少不适。

　　可是他是文天祥。他怎么能降呢？

　　他是白鹭洲书院的学子。白鹭洲书院创办者江万里，为抗拒元军入侵，四年前在饶州率全家十七口人投水自尽。六年前也就是咸淳九年（1273年），他受任湖南提刑，去拜访时任荆湖南路安抚使兼知潭州的老师江万里，江拉着他的手慨然曰："吾老矣，观天时人事当有变。吾阅人多矣。世道之责，其在君乎！"身为学生，受到老师如此托付，他怎么能背叛师门，成为老师所不齿的贰臣？

　　他是勤王救国的首领。他于德祐元年举起勤王救国大旗以来，赣州如欧阳、冠、侯等二十三家大姓子弟追随着他，家乡吉州永新张氏、刘氏、颜氏、段氏、吴氏、龙氏、左氏、谭氏八姓豪杰追随着他，还有吉州敢勇军将官张云、以武功赐第的吉水人刘伯文、吉水豪杰之士邹㳖、赣州三寨巡检尹玉、赣州将领麻士龙、蜀人张汴、广军将领朱华，其同乡好友刘子俊，诗友肖敬夫、肖焘夫兄弟，文胆金应、肖资，大妹夫孙桌、二妹夫彭震龙等等远近义士都追随着他。他们大多战死，尹玉、麻士龙死于常州之战，金应死于逃难途中，张汴死于空坑之战，邹㳖、刘子俊死于五坡岭，肖敬夫、肖焘夫兄弟死于空坑之战后的永新城破。他的大妹夫孙桌在家乡龙泉抗击元军被亲信出卖，被押隆兴杀害。他的二妹夫彭震龙更是惨烈，永新城破，他誓不投降，终遭腰斩，永新八姓豪杰三千族人投入袍陂潭英勇就义。更有江淮、荆湖、广东等响应文天祥号令的义军死难者不可计数。他们都死了。他怎么好意思投降独活？

当然还有杜浒。黄岩人杜浒。三年前，杜浒在西湖边找到了他，与他纵论天下，相见恨晚，把自己托付给了他。三年来，他们同入元营，同脱镇江和真州，同开同督府，又同历空坑溃败，真可以说是患难与共，生死相随，"异姓兄弟也"。如今杜浒死了，如果他投降，日后九泉之下他将以何面目见杜浒？

众多追随者的牺牲在文天祥心中化作了一股强大的向死的意志。他已经不是一个人，而是一个族群的象征。他们都死了，他也唯有一死。既然是死，那就让他好好死，代他们重新死一回，死得轰轰烈烈，死得波澜壮阔，让活着的人看到他们的慷慨与壮烈。当死成了他唯一的任务，死亡于他就变成了一种哲学，一种艺术，一种庄严的仪式——

从押解北上之日起，文天祥就开始谋算自己的死法。他从广州到南安军（今赣州大余）后，计算自己从南安军到故乡吉州乘船大约要七天，想到绝食七天正好可以死在故乡，就开始绝食。不料正值初夏，水势浩荡，船到吉州只花了五日终未死成。

到了大都，他痛斥来劝降的宋降将、元大臣，完全是一副不要命的态势。

他反复向元人诉说自己的求死之心，一次次告诉元人：我为宋丞相，国亡，职当死！今日天祥至此，有死而已，何必多言！亡国之人，要杀便杀，道甚由你不由你！

元世祖忽必烈亲自劝降，许他当元朝宰相，他丝毫不动心，只求一死。

他写诗，集杜诗成篇，一篇篇都是死亡的言辞，从押解之日起，他写《过零丁洋》，写《正气歌》，写"无书求出狱，有舌到临刑"，写"黄土一丘随处是，故乡归骨任蹉跎"，写"命随年欲尽，身与世俱忘"，充满了视死如归的凛然之气。

三年多的羁押并没有让他屈服，反而让他成为大都最著名的囚徒。整个大都的官员和百姓都关注着他的一举一动，传抄着他在狱中写就的一首首诗。终于，至元十九年（1282年）十二月，也就是文天祥受执三年多后，忽必烈下达了对文天祥执行死刑的命令。

时间终于到了。文天祥迈出了牢房，上了囚车。大限在即，文天祥心满意足，在萧萧寒风中吟诵着自己早就拟好的赴死长歌。到了刑场,他索要纸笔,写下了早就酝酿好死亡之诗。然后,他面南而坐,引颈受刑。

"观其从容伏质,就死如归,是其所欲有甚于生者。"——这是元人撰《文天祥传》对他临刑的评价。

"臣心一片磁针石,不指南方不肯休。"至此,文天祥完成了自己的生命誓言。一至三年多的时间,文天祥终于将死亡演绎成了一种美妙无比的诗学,一首荡气回肠的英雄史诗。

三年来,乃至临刑的那一刻,他是否想到,那个叫杜浒的说浙江话的异姓兄弟?

7

德祐二年四月初,文天祥由淮入浙到温州永嘉,途中经过了黄岩所属的台州,拜会了义士张和孙,登上了金鳌山,并在黄岩弃舟向着永嘉陆行。

杜家村在黄岩以北。如果不是时局紧张,文天祥说不定会在黄岩多停留一些日子,并且去杜家村走一走,看一看,去凭吊一下老丞相杜范的英灵,慰问一下杜浒的族人,写一两首访杜家村的诗歌。这里同样是与文天祥有关系的地方。他说杜浒是他的异姓兄弟,那这个村庄的人,就也是他的异姓亲人。想必文天祥在黄岩时,一直陪同的杜浒一定会发出去他的村庄看一看的邀请,可文天祥实在太忙,他要在短暂的停留时间里接见前来投奔的豪杰，联络一切可能的抗元力量。德祐二年的文天祥黄岩之行，并没有文天祥到访杜家村的记载。这不能不说是一件颇为遗憾的事情。

可即使这样，我依然愿意认为杜家村在中国汉文化谱系中是重要的。它是中国古代文化的一个灵魂道场，一个非常重要的民族精神隘口。从杜羔到朱熹到杜知仁到杜范到杜浒，这个村庄呈现了十分清晰的精神谱系。这个村庄的历史，与国家的历史血脉相连，因为离南宋的京城临安只有一百多公里，这里留下了十分清晰的南宋命运的烙印。

——我在杜家村走着。我清楚地知道，眼前的具有许多现代文明元素的村庄，与七百多年前的村庄肯定有着云泥之别，七百多年前的杜家村的原貌，在时光的洗濯下肯定早已荡然无存，可我知道，时光的流逝与村庄建筑的变化并不重要。只要翠屏山还在，大地还在，这个村庄的基因就会永远不灭，精神的灯火就会长久不息。

它为世人贡献了另一种南方气质。

大概是其偏安江南的缘故，宋末的中国，基本成了南方人的表演舞台。比如说，数任宰相就都是浙江人：专权误国的贾似道是台州天台人，与元人议降中担当主持的吴坚是台州仙居人，同样是状元出身却背宋降元、有着"两浙之耻"骂名的留梦炎是衢州人，志大才疏的陈宜中为永嘉人……甚至两宫主人也都先后是江浙人，如度宗全皇后是浙江会稽人，理宗皇后即亡国太后谢道清是浙江台州人……

他们身上体现出来的是一种萎靡的南方气质：狡黠，精明，自私，工于算计，巧言令色，机会主义，患着难以治愈的软骨病……

可是还有另一种南方气质，是有操守的，金石气的，铿锵的，慷慨赴死的，虽千万人吾往的，宁为玉碎不为瓦全的。这一气质的体现者，是我的乡党文天祥，同样担任过左宰相之职的江西都昌人江万里、祖籍江西的理学大家朱熹、崖山战败负帝投海的江苏建阳人陆秀夫，以及此刻我所在的杜家村的杜范和杜浒。正是他们，保留了南方这块地域的血性，为南方的历史挽回了一点脸面。

为了成就如此的气质，杜家村付出了巨大的牺牲。杜范宗祠里的世系图上，杜范之后第四代开始世序不再载。杜范有九个孙子，可只有一个叫杜嗣的孙子生了四个儿子，分别名为万一、万二、万三、万四，其他八人子嗣如何皆不明了。万一万二万三万四各有子嗣，但世系图上显示，都已成了其他地方的祖先。也就是说，在一个特定的时段里，杜家村的子孙集体离开了杜家村。究其原因，无疑就是杜浒的起兵抗元。杜浒拉起武装与元军对抗，不仅是杜浒一个人的义举，也是全村的意志。为了免遭元人报复，杜家村的族人们早早地离开村庄，隐姓埋名去别人的地盘上开枝散叶。而杜浒拉起的四千多人的抗元武装，一定有不少是杜家村的族人。

七百多年前杜浒的抗元之举造成了今天杜家村的一个尴尬现实：以杜姓为名的一千多人的村庄，竟然没有一个人姓杜！

六十出头的矮壮男子告诉我说，这个村庄最远的血脉是在广

橘灯照亮家园

东，几年前还有人从广东来此寻根问祖。他说那是杜浒的后代。那是杜范祠堂里的世系图上的杜浒儿子伯一的子孙吗？杜浒是在广东新会崖山之战中被俘的。联想到文天祥的空坑之战中，他的夫人欧阳氏、姜黄氏、颜氏，次子佛生，次女柳娘，三女环娘共六名家眷被俘，可以想见文家军行军打仗，是把家眷都带在身边的。那是比扛着棺材出战还要悲壮的血勇，因为扛着棺材抵押的不过是个人的生死，而带着家眷行军，押上的可是自己的全部家当。这是怎样的生死与共和家国一体？

  走在杜家村的巷落里，我的心情是沉痛的。天地晴朗，白云飘荡，可我心里如有雷声滚动。我不禁吟哦起辛弃疾的《水龙吟·登建康赏心亭》：

    楚天千里清秋，水随天去秋无际。遥岑远目，献愁供恨，玉簪螺髻。落日楼头，断鸿声里，江南游子。把吴钩看了，栏杆拍遍，无人会，登临意。
    休说鲈鱼堪脍，尽西风，季鹰归未？求田问舍，怕应羞见，刘郎才气。可惜流年，忧愁风雨，树犹如此！倩何人唤取，红巾翠袖，揾英雄泪！

  这首词是辛弃疾在建康通判任上所作，书写的是家国之恨和乡关之思，是英雄无用武之地的苍茫喟叹。

  辛弃疾和文天祥、杜浒一样都是南宋主战派，具有同样的壮志难酬的悲愤与无奈。我想这首词不仅是辛弃疾的言辞，也应该

断鸿声里

四季黄岩（孙佳茜 摄）

是文天祥、杜浒们这些江南游子的心声。

英雄们都已远去。正是初夏，天空除了云朵空无一物。可我知道鸿雁会来，或者说它们从来都在。它们是古老典籍中的那一声叹息，和天地间那一丝永不死绝的信念。它们是带着古老基因密码的使者，是能够勾连起无数往事的故知。它们频频往返于昨天与今天，是为了向着人们传递流落他乡的人们的消息。当然也可能，它们就是因种种原因告别江南的游子，一次次地飞过落日楼头和玉簪螺髻，为的是把古老的乡愁搬运，把丢失的故乡探寻。

橘花夜与黄岩絮语

萧耳

橘子

　　橘，其本意为橘树，常绿灌木或小乔木，叶子长卵圆形，开白色花。果实也叫橘，扁圆形，红黄色，果肉多汁，酸甜不一。果皮、种子、树叶等都可做药材。

　　桔，指桔梗，多年生草本植物。花暗蓝色或暗紫色，可供观赏。根可入药。

　　一说黄岩，就得先澄清这两个汉字。严格地说，是黄岩蜜橘，而不是黄岩蜜桔。"橘"读（jú），"桔"有两个读音（jié）和（jú）。当"桔"读 jú 时，就成为"橘"的俗体字，也就是人们通常所说的手头字。

　　"橘生淮南则为橘，生于淮北则为枳，叶徒相似，其实味不同。所以然者何？水土异也。"这番常识和道理，我们小时候也已经由各种途径知道了。

　　好像我也是在以讹传讹，混淆着"橘"与"桔"的乱用中，在"橘子"或"桔子"的清甜中长大的。等到读中学时，知道字意有雅有俗，我已经是一个初通文墨的小书生了。我感到，书写汉字时，以书面语"橘子"来称呼几乎每年从黄岩亲戚家寄来的这种水果，比随意呼其为"桔子"更为斯文。

  从前我听母亲说过，橘子在江南是常见的水果，江南人家礼尚往来，走亲访友或探问病友，时常会买几斤橘子作为礼物相赠，橘子不算太贵，人情往来时也普遍能消费得起。我的童年记忆里，20世纪七八十年代，时常有来自黄岩的橘子印象。记得我母亲和她二姐从小感情好，两姐妹读的又都是师专，在杭州和黄岩两地书信往来多年，姐妹俩的信中，也时常谈及橘子。大时代变迁中，她姐姐从临海城里辗转到了黄岩乡下教书，从一个城里姑娘下放到黄岩的乡村，教书之余，还得操持一大家子所有的乡村事务。姐姐的信中，多次谈及当年当地橘子是否丰收，是大年还是小年，她的婆家今年种了多少棵橘树。依稀也说黄岩民间的热闹橘事，每到节庆日，黄岩人祭橘神、打橘生、做橘福、放橘灯，反正都难不倒我姨妈，她心灵手巧，是样样精通的。当年并没有快递，杭州与黄岩之间，一封平信贴上邮票，需要几天才到，所以橘子这种水果也不方便邮寄，姐妹俩也只是"纸上谈橘"。"橘"字笔画多，两个师专出身的台州人，一开始还端庄地写"橘"字，后来却写起了"桔"字，后来我母亲名字中的"雪"字，都被简化掉了"雨"字头，再后来，"雨"字头又回到了"雪"字上，原来这是中国的第二次汉字简化方案留下的雪泥鸿爪。直到1986年，国家才废除了"二简字"，那时候，当年的台州姐妹都已到了退休的年龄，她们依然书信往来，细数着各自的四季岁月，除了橘事，还会

橘灯照亮家园

讲到做一家人的衣服鞋子，翻丝棉被，等等。只是姐妹俩似乎已习惯了书写"桔"字，也不再改回笔画难写的"橘"字了。

我母亲作为语文教师，是个对汉字很认真的人。听她讲起过，"桔"字也好，特别是上门或去医院探病人，送"桔子"意味着"吉"，吉祥，多好啊。

在我的记忆里，姨妈的书信和蜜橘都来自黄岩。70年代和80年代的许多年，夏天或冬天，我母亲牵着我的小手，一大早从杭州坐上长途汽车，要到傍晚时分才到达黄岩姨妈的家里。蜜橘于秋冬季采摘，如果我们寒假去黄岩，是可以吃到蜜橘的，但我印象中，更多次我们都是暑假去黄岩的，毕竟夏天出门方便些，于是就错过了姨妈信中的蜜橘的清甜味道了。

在那个比较慢的年代里，相隔在杭州与台州的两姐妹，于食物上更多的只能"纸上谈食"，六月的信中，我母亲会说到塘栖的枇杷，红种白沙。枇杷这种水果比蜜橘更烂得快，我姨妈除非亲自跑来，否则更不可能吃上塘栖的枇杷了。其实黄岩也是产枇杷的，我小时候只知道塘栖枇杷有名，不知有黄岩枇杷，个头比塘栖的白沙枇杷更大，果皮也是淡黄色，果肉也是白色的。

20世纪70年代的童年，我生活的江南小镇上看不见香蕉，很深刻地记得，我人生中吃的第一根香蕉是我母亲从南京带回来的。她带回来时，香蕉的颜色已经发黑了，不过是冬天，皮里面并没有烂，第一根香蕉的味道就这样深埋于我的味觉之中。不过橘子的季节，我们塘栖镇上的商店里是有橘子卖的，橘子的品种有好有差，价格不一，我家会买几斤来自姨妈家乡的黄岩蜜橘解解馋。

  我姨妈大半辈子都在台州操持一大家子的生计，很少去外地。印象中，都是我和母亲每隔一两年就去一次台州，每次都是去临海和黄岩两地。临海是我外婆家，黄岩是我姨妈结婚后的家，我们会两地各住一段时间。台州人好客，也重亲情，我母亲不能每年返故乡探亲，主要是因为那时候家里经济拮据，她要备好了给七亲八眷所有的礼物，才会体面地踏上回乡之路，这是她一个台州闺秀出身的女子的礼数。

  一说台州女人，我就想起我这位姨妈。我姨妈在十八岁之前在当时的台州府临海过着书香门第大小姐的日子，衣食无忧，唯需用功读书。十八岁后，她成了一个最勤劳吃苦能干的姑娘，不仅教乡村子弟文化，也开始跟橘子和稻谷打交道，并且在乡村生活中学会了农活。

  我母亲一次次写信邀请，姨妈却一次杭州也没来玩过，她总是在信中说，她不得清闲，有各种事要忙。

  "纸上谈橘"多年之后，我姨妈和我母亲都已经去了另一个世界，我却每年都吃上了从黄岩快递来的蜜橘，那是我黄岩的表姐寄来的。今年她寄了一箱大的蜜橘，一箱小的蜜橘。遗憾的是运输途中，还是被摔烂了几只。那几只摔裂的蜜橘我也舍不得扔，就先拣出来吃掉了。

橘灯照亮家园

橘子花开香雪海 （蔡志敏 摄）

橘花

"趁着村路上的橘花香还飘在鼻翼，诗会上的朗诵声还响在耳畔"，黄岩女子林海燕对我这么说。

从黄岩回来几天，橘花的清芬，确实还未飘散。特别是第一次遇见它在花海中，是在初夏之夜。八九点钟，月朗星稀，我们沿着花海中的栈道走着，我们置身于橘树的一丛丛灌木的绿色中，空气中有暗香袭来，一种清芬，如此清新，似乎能消解掉一切恶浊的尘世之气，随之，橘花海中的每个人都神清气爽了，都快乐起来了。

橘花夜与黄岩絮语

这一次去黄岩，不是去吃橘，而是去赏花。品橘与赏花，是完全不同的，仿佛日与月的不同吟唱。橘子如太阳，饱满，鲜艳的黄。橘花如月亮，细小幽微的花，细小幽微的清芬，皓月当空时，月白的小小橘花最柔美，最是娇羞。但当橘花们连绵于橘田中，汇成花海时，那也是一种让人沉醉不知归路的气势。

今年有闰二月，天气冷，四月的江南还是春寒料峭。本来当地人预计，今年的橘花会在四月上旬盛开，花期在一个月左右，黄岩将在花期之间举行2023年橘花节。不过到了四月下旬时，黄岩人告诉我们，橘花还没盛开，再等几天来吧。只过了一个五一小长假，天气热了几天，等我们慕名赶去，橘花却已将谢。不过将谢未谢时，还是能看到不少橘花的。这一前一后的错过，使我们还未抵达它的清芬时，便已感叹橘花也如春天开放的樱花桃花等春花，惜花期短暂。只差几天前来问花，你就有可能错过它最盛开时的样子。

那么橘花究竟是什么时候开花呢？

当地朋友说，橘子开花，要到晚春和初夏，橘花如雪。北宋有诗人丁谓诵《橘花》诗云，"香于栀子细于梅／柳絮梨花过后开"，说的是洞庭湖一带的橘花事。

离我最近的橘花诗就在杭州西湖边，乃宋代诗人杨万里所题——

橘花如雪细吹香，杏子团枝未可尝。
行到陈朝枯柏处，孤山山背水中央。

橘灯照亮家园

这是农历杭州四月天的橘花，初衣胜雪，一朵橘花飘落在杨万里的诗中。如今，西湖孤山更以梅花闻名，四月的西湖边会有橘花吗？等明年四月，让我去西湖边找一找这小白花吧。

在更早的唐代，橘花已入诗人的诗心，橘花的审美也是古代南方人的日常。

行走在橘田间，一盏盏小橘灯闪烁，朦胧的橘黄色暖光，与幽暗中如雪如碧交织，这是一个属于橘的夜空，在四月江南的黄岩。过一处高桥，有风吹来，有清香吹来。在桥上，深蓝天幕无际，皓月当空。在桥下，见一条清溪之上，一只木船仿佛从前朝的时光里摇过来，摇啊摇，摇来一船黄澄澄的蜜橘，它将要摇到哪里去，会到一个江南的集市上，有贩夫吆喝叫卖吗？大的小的，几块钱一斤啊？会到北方人家的水果餐盘中，成为那一口来自江南的蜜思吗？北方人张锐锋来自山西，那夜穿一袭白衣，一支烟斗在手，闲庭信步，边走边看边聊，张锐锋像一个骑驴寻诗，悠然来到江南此地的古人。远处橘田中，有一方古亭，点缀于绿色之中，琴声从悠远处飘来，仿佛昭示着黄岩橘花之古意。散文家张锐锋好奇心一再升起，在小橘灯的暖光里一番酝酿，酿成了五月的橘花诗意。

那么，黄岩是何时以蜜橘之乡闻名的呢？张锐锋问。

"我们黄岩是中华蜜橘的始祖地，也是世界宽皮橘的始祖地，有两千三百多年的种橘史。"黄岩诗人娓娓道来。

《临海水土异物志》说，"鸡橘子，如指头大，味甘，永宁

《橘花颂》(郭捷妤 摄)

界中有之"。去"橘花诗会"前,我们已经在永宁江边散过步,知道永宁也是黄岩的古称。

又有南宋《嘉定赤城志》的记载。宋代建炎时期,黄岩蜜橘品种就已经有乳柑、绿橘、朱橘、楮橘、金柑、青橙、皱橙、香绵橙、朱栾、柚等十余种了。

北宋欧阳修等纂修的《新唐书》中,有台州土贡乳柑的记载。南宋时,《嘉定赤城志》首次明确记载了黄岩蜜橘的品种与产地,"乳柑,出黄岩断江者佳。他如方山下亦有之,然皮厚味酸,且香韵亦差减。"陈景沂《全芳备祖》中记载,乳柑"出于泥山(今属温州)者固奇也,出于黄岩者,尤天下之奇也。"宋

橘灯照亮家园

元时期，黄岩的橘林沿永宁江延伸，直至方山下，九曲澄江如练，夹岸橘林似锦，到今天，依然能看见这样的景象。

宣统二年（1910年），也即辛亥革命前一年，清政府在南京举办中国第一次世界博览会——南洋劝业会，会上展出的黄岩蜜橘大获赞誉。黄岩蜜橘就这样一路以蜜甜的滋味红着，从古代，到了近代，红到了现代。

黄岩蜜橘民国时期也佳话多多，连民国四公子之一的袁世凯次子袁寒云，也为黄岩蜜橘助过声威，广而告之，"黄岩蜜橘天下第一"。

"一从温台包贡后，罗浮洞庭俱避席。"台州知府曾惇猛夸黄岩蜜橘的诗，透着些扬扬自得。亦可见，黄岩蜜橘自古以来是黄岩人的骄傲。

橘香袭人，花丛中，谈笑皆因它。作为半个台州人，我也自豪起来了。据说在唐代，以及更早的屈原所在的年代，似乎楚地有更多的橘花橘树，洞庭湖边有橘花盛开，那么是否可以推断，黄岩之橘，乃是一种"后来居上"，越到近代越闻名天下了。黄岩蜜橘之盛，除了气候水土等得天独厚，一定是跟黄岩人的聪慧有关的。

第二天白天，我们到宁溪镇乌岩头村，又到屿头乡沙滩村，溪水、古树与老屋之间，又看村边橘花，不是千亩橘树的盛大气象，而是抬头低头，在村边小路上，在乡村人家的几米远处，不经意间就撞见了，这驿路之橘。

橘花是美，是仙，是能入诗，然种下一棵橘树到收获累累果实，其间得浇灌多少橘农的心血。从筑墩始，须打橘生、修剪树枝、疏果、采摘，皆是橘农的汗水。

刚刚立夏，这初夏时节，我们在黄岩的乡村间行走，一路上，但见树上已挂着累累的果实，不过很多的果子上，都被用心包着蜜黄色的纸。

"有些特别高处和特别低洼处的果实，那纸套是怎么挂上去的呢，得用梯子吗？"问话的人，不免有些天真。

"这不是橘树，而是枇杷树。"海燕这么说，我才想起来，黄岩也是枇杷之乡呢。

我又问："这样一只只枇杷裹严实了，这果农得花多少工夫啊？"

海燕说："这样一只只套好，就可以防止虫咬，就不用打农药了。"

五月，除了枇杷树，还有很多橘树长在乡野小路边。

等橘子成熟时，果子唾手可得。不怕有人偷吗？海燕说，真的有人要偷，也防不胜防啊。

橘子丰收了，还得一枚枚选果、贴标、运输，才能让橘子的美味抵达大江南北。黄岩人又勤快又会钻研，使黄岩蜜橘的品种越来越好，才赢得了天下人的心，上达皇家贡品，下抵民间舌尖。

江南月下，古琴音缥缈，千亩橘海之间徘徊又徘徊，我身边的北方人张锐锋老师与黄岩诗人交谈，不觉之间，那人已在橘花深处。

橘灯照亮家园

橘花香如雪 （蔡志敏 摄）

忽然想起去年一位四月喜宴上的新娘，那天我被她手中白色的小捧花所吸引，清香喜人，捧花与江南新娘的美互相映照。我问新娘手中是什么花？学医的新娘说，是一种橘花，还可以入药用的。当时我以为是一种小雏菊，现在才明白了，原来新娘手中的一束清新的捧花，是橘花啊。

橘花的花语，有"新娘的喜悦"之意。

诗会

花会总是与诗会联在一起，将一场花事，一场关于花的赋比兴，开出更为盛大的花事。

  一年好景君须记，最是橙黄橘绿时。
  百果之中无此香，青青不待满林霜。明年归侍传柑宴，认取仙乡御爱黄。

自古橘花以清雅之姿、清幽之香入诗。千年以来，橘事不断，花事不断，不仅是家乡在台州的诗人戴复古，一代代诗人连绵不绝地将一片诗心献给了它，四月春天的橘花。

绿野仙踪间，香氛袭人，又山水之间，片片白衣胜雪，诗人们怎能不为此景兴奋？当今朝的诗人们立于橘丛中，在立夏后酿成一壶橘花诗，那又将结成怎样的一部《花间集》？

橘灯照亮家园

星空花海 （程友生 摄）

　　追寻橘意，1983年，黄岩就有了橘花诗会。一年一度，永宁江畔的橘花诗会在橘花飘香时，以诗颂橘，以诗会友。一晃四十年过去了，依然载花载诗，载歌载舞，载欣载奔。

　　有的时候，你会觉得世界变了。可站在橘树之间，你想到"后皇嘉树，橘徕服兮。受命不迁，生南国兮。深固难徙，更壹志兮……"屈原的《橘颂》已经吟唱了两千多年，你想到年年四月都会有橘花盛开，明明是一个千年的约定，你又觉得人间还是那个人间。

　　我又想起了黄岩的姨妈。我姨妈和我母亲的少女时代，春天她们可曾从临海坐车去黄岩郊游？女学生们是否会将一两朵小橘花插在发梢上？我姨妈的一生或许没有为盛开时节的橘花写过诗，但她一定曾在给杭州的妹妹的书信中，赞美过四月时黄岩

橘花夜与黄岩絮语

满街的清香。橘花是朴实的小花,我姨妈也是个朴实的台州女子,橘花只有当汇成花海时,才成就了盛大的华丽。姨妈读过书,当过老师,也爱说历史。她骄傲于黄岩的蜜橘唐朝就是皇家贡品了,南宋时,黄岩蜜橘名扬天下。哪怕她自己没有为橘花写过诗,她可能教她的学生们写过关于橘花的诗吧。

为橘花而诗的人,可以是屈原,是杨万里,可以是当今著名的诗人吉狄马加、王家新,也可以是山野的小民,放学后帮家里制作小橘灯的小学童。

橘花,贴近着泥土和大地的灌木之花,它不矜贵,它是朴实的、亲切的、自然的、乡野的、朴实的小花朵。它不会拒绝脸上满是丘壑的老橘农在橘子丰收之日,直起腰擦汗时,忽然为曾经的花开说出一句诗来。

橘子并非中国独有,全世界有各种各样的橘树与橘花,只有黄岩之橘,最让中国诗人心动,最想为它写一首诗。

眼前盛大的橘花诗会上,我忽然想起了小时候生病时,我曾专享的那一只橘子罐头,那是最后吃得一粒不剩的甘露。你呢,还记得小时候生病时你爸妈特地为你打开的橘子罐头吗?那多半是黄岩的蜜橘制成的。那时候冷藏业还不发达,丰收的橘子,一个去处就是做成罐头。现在很少有人生病再吃橘子罐头了,可当年病中的那一口清甜,几十年后,余香还在唇齿之间。

于是在我的梦中,有一位台州诗人为我的橘子罐头写了一首诗,并用黄岩话念了出来。一朵白色橘花,落在了那首诗上面。

橘灯照亮家园

春食

在对橘香的清甜记忆中，我们在黄岩的乡村中四处游荡。立夏前后，时晴时雨。偶尔走近橘园，毛毛雨中，清香中又多了湿润的青气。田园芬芳，山影朦胧。除了儿时记忆，后来也到过几次黄岩，也曾去现代时尚的朵云书院做过读书活动，吃过记忆中的食饼筒，对黄岩味道的印象又深入了几分。

在村野间走了半天，细雨下得密了一些，到了中午，找一处餐馆吃饭，于是上来了一桌的黄岩菜。"醉夏无麦饼，白碌做世人"，坐中的黄岩人这么劝食。没吃过食饼筒，简直不能说你到过黄岩。尤其是这一次在黄岩的餐桌上吃的食饼筒，面饼皮子有绿色的、白色的两种，绿色的是加了糯米粉的，特别软糯。包进食饼筒的菜，可以自由搭配，喜肉的，多放些五花肉，甚至喜肠的，可以加肥肠。喜素的，多放些土豆丝茭白丝或咸菜粉丝鸡蛋丝等。食饼筒可以干吃，也可以一头包紧了，另一头敞开着，手握的时候竖着握，将卤肉汁淋进饼筒里。说是这么说，我还是嫌肉汁油腻，宁愿干吃。我吃完一个食饼筒，隔壁桌上传来消息，据说山东大汉多马，刚刚吃掉了三个食饼筒，两绿一白。

好家伙，吃得下三个食饼筒的，一定是好汉吧。从前的从前，或许还是绿林好汉。

食饼筒配上当地酿的米酒，是不是更过瘾？从前黄岩这一带山林也有盗匪出没，三个食饼筒加一大碗米酒下肚，也能跟武松当年过景阳冈一比，穿越了时光的多马豪气干云，老虎不怕了，盗匪也不怕了。

小时候，我母亲有一根从老家带来的擀面杖，每月会亲手做一到两次面食。我母亲也会做食饼筒，不过临海人叫"麦油子"，面饼要小一些。有一次，我将我爸做的江南菜烂糊鳝丝包进了母亲做的麦油子里，也算是一次杭州味道和台州味道的"合璧"。

于是我有了一个关于食物的印象。江南人只会裹细细长长的春卷，我们叫"春饼"，不过是小食。台州人实在，一只食饼筒的体积是一个春饼的好多倍大，应该可以当主食了。

雨斜斜地飞下，风也大起来了，这顿午饭吃得特别长。印象中，黄岩姨妈家夏天的早餐中，有干的米饭，不似我们杭州这边，早上多吃泡饭，食粥，那边吃的是干饭，有各种咸鱼下饭，还有虾干。当时不明白这不一样的风俗，是否因为白天要劳动，体力付出比较多的缘故？

咸鱼的味道一直记得，还有海鲜。在黄岩的这两日，总能吃到海里的鱼虾，桌上有从大陈岛钓来的老虎鱼，味道很鲜美，我这才从橘花香中"清醒"过来：原来，这是在海边呢，还有咸腥的海的气息。黄岩边上的椒江，就离大海更近了。

最后，还有一道香甜的黄岩点心，是一锅粥吗？锅里并没有橘片，而是姜丝、炒米和鸡蛋花加了红糖烧制的甜羹，因为姜丝和红糖的调味，我觉得比江南的酒酿圆子羹更好吃。

橘灯照亮家园

春水

　　黄岩境内有西江永宁江，又有山泉，有溪流，有湿地，还有长潭湖。北方人到此地，一脸的羡慕，真是水灵灵的江南。

　　北京作家计文君到院桥镇鉴洋湖湿地，忍不住赞美此地水好。看湿地介绍，鉴洋湖又称鉴湖，文君于是问，就是鉴湖女侠的鉴湖吗？答：那个鉴湖是绍兴的鉴湖。秋瑾是绍兴人，故称鉴湖女侠。这个是鉴洋湖。

　　管它是此鉴湖还是彼鉴湖，家乡在许昌的文君站在船头，任湖上风起，吹拂她长长的卷发，裙裾飘飞。

　　文君，你是否想效仿一下宋代词人李清照——

　　　　常记溪亭日暮，沉醉不知归路。
　　　　兴尽晚回舟，误入藕花深处。
　　　　争渡，争渡，惊起一滩鸥鹭。

　　鸥鹭总是与湿地相伴。鉴洋湖边，有芦花，有鸢尾花，有蒲草，有再力花，也有正在盛开的橘花。反正在黄岩行了一路，在哪里都能闻到橘花的清香，进而发现，这里一丛，那里一座的橘花。

　　黄岩水多。永宁江水，到了椒江，就成了海水。黄岩人说，理学家朱熹在台州建了六个闸，将海变成良田，他对黄岩是有恩的。只是他迫害天台官妓严蕊的事，又怎么说呢？我们只能说，人无完人，哪怕他是大儒朱熹。不过若没有理学宗师朱熹跟台州知府唐仲友之间因学派不同而起的过节，就不会有小女子严蕊的不幸，也不会有那首严蕊获释前的流芳千古的词《卜算子》了。

　　不是爱风尘，似被前缘误。花落花开自有时，总赖东君主。
　　去也终须去，住也如何住。若得山花插满头，莫问奴归处。

这是一个台州女子诉的心声，也是她的气节。

我猜想，严蕊词中的"山花"，可能是黄岩境内四五月时常见的杜鹃花，也可能是小小的清淡高洁的橘花。

我最爱的黄岩之水，在委羽山大有宫看见了。大有宫是个道教圣地，乃道教第二洞天，历代汇聚了古意和仙气。进得委羽山中，只见大有宫山门古朴，两壁有大大的"龙""虎"二字。宫内有一深长古洞，通向东海，能听得见海浪的声音。道观内，绿荫掩映，迈过小山门，见有一方古井，岁月的苍台，墨绿如初，此井激活了我儿时关于台州古井的所有记忆。从前我黄岩姨妈家有水井，夏天一桶桶地用水桶打井水，浸上一个西瓜或香瓜，是我童年乐此不疲的一个游戏。因为打满桶的井水是有技巧的，练多了，就熟能生巧，铁皮桶在深井中晃上几晃，打上来的水，保证是一满桶。如今，大有宫的井水桶，白铁皮桶底下是有一大孔的，不需要打水技巧，井水就能灌满水桶，再拎上来。这真是一方体贴的老井啊，它有个名字，叫瑞井。

在黄岩古城南门外，委羽山大有宫的青翠，与前一日海拔七百多米高的黄岩平田乡"天空之城"秘境遥遥相望。台州诗人任峻写——"黄岩天空之城/淹没在五月的第一场大雾里"，我忽然想，古时大有宫的道士，会步行去"天空之城"处采草药吗？从委羽山大有宫到达"天空之城"，山道弯弯，小道士要走多少个小时？他在"天空之城"的云雾缭绕间，会不会就驾云雾飞天而去？一时的奇思，不觉再品"黄岩"这个地名，它是沾上了仙气的。

委羽山大有宫内墙上，有数幅道士画像，一一观之。其中有杜光庭，上写——

杜光庭，唐，字圣宾，别号东瀛子。天台人，博极群书，志趣超迈……遂入道，尝往来委羽山中，入蜀青城隐焉。一日披法服，趺坐而化，年八十一，色不变，异香满室，人谓尸解云。

杜光庭等曾经往来过委羽山的道士们，让我想起《太平广记》中很多的修仙故事，我就想，古代诗人或许有几首游仙诗，是献给委羽山和大有宫的吧。

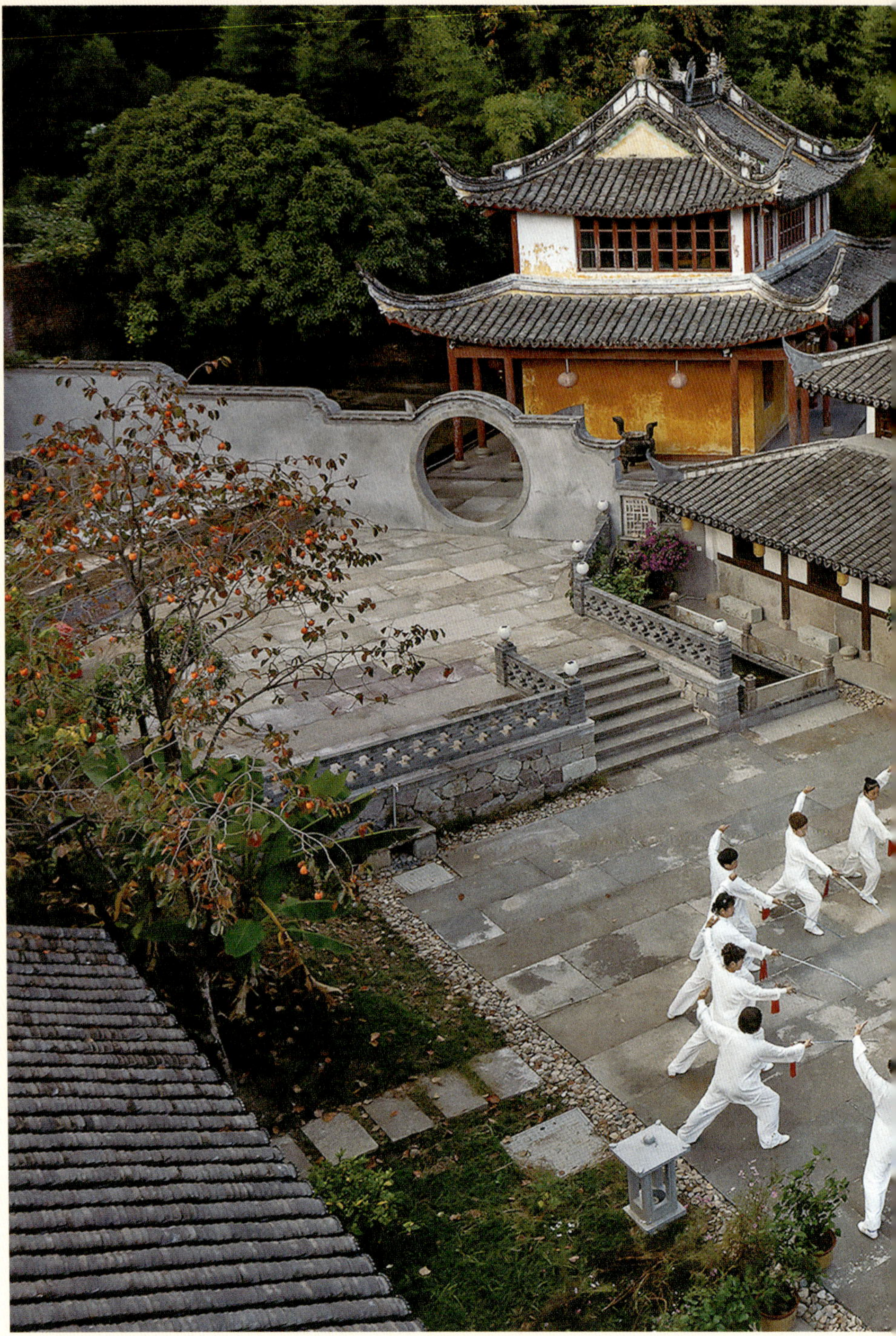

委羽山大有宫 （符汉君 摄）

后皇嘉树

石厉

五月初的浙江黄岩，不知什么模样。去黄岩之前，我对黄岩事先没有太多了解，黄岩对于我基本就像一张白纸，我仿佛看见，这张白纸已铺展在我的面前，让我勾勒与书写。也许可勾勒成一幅山水画，也许可书写成一页密密麻麻的文字，时间过去了，成为人们印证与考镜的根据。启程当天，我经过网上检索，才知道黄岩是台州的一个区。十五六年以前，我和散文家柳萌、人民日报社文艺部的徐怀谦等一干人去过台州，当时除了在椒江区活动外，也去过天台山，唯独对黄岩没有任何印象。如今和我一起曾去过台州的这一老一少二位先生早已故去，忽然想起他们，让我思绪万千。人活着，和所有的事物无二，不管过程如何波澜壮阔，结局也就那么回事。我记得那一次在去天台山的路上，我开玩笑说："怀谦啊，你写杂文，长得也酷似鲁迅，应该是鲁迅的 fans？"我的问话并非空穴来风，怀谦出语常常一针见血，文章写得有棱有角，确实有鲁迅的风格。不料怀谦不以为然："鲁迅是南方人，是浙江绍兴人，我们是北方人，我是山东高密人，生长环境差距太大，岂敢和鲁迅相比。"现在想想也是，不论成就名气大小，就说人的性格，鲁迅虽然锋芒毕露，但那锋芒并非没有生命的弹性,而徐怀谦刚烈,后来竟从高楼上纵身一跃,身后事任其洪水滔天。

突然我的黄岩之行,多了一道隐秘的色彩,与黄岩无疑有了某种隐约的联系。好像此行,是要代表他们弥补一些遗憾,填补一些空缺。这更加坚定了我去黄岩的决心。黄岩属于台州的一个区,到了那里,已经距离我们曾经涉足过的地方不远。现在要去一个地方太容易,在祖国大地上,凌空飞翔,最远也不过两三个小时的航程。但对于我,似乎是艰难的,这两三个小时的飞行,俨然是内心中千山万水的跋涉,我从来没有将它看得那样轻而易举。在飞机上昏睡,做了无数个奇奇怪怪的梦,好像唐僧去西天取经的路上,历尽艰险。

飞机落地,打开手机,突然看到黄岩方面指定与我联系的一位同志发了一条短信:"石老师,你下飞机后,直接打的到××酒店,我因公务在身,不能来接你。"感谢告知,不然以为有人来接,让我空等。只是我初来乍到,不知落地后的路桥机场到黄岩有多远?打的是否顺利?心里有点儿嘀咕。路桥机场非常小,就像20世纪80年代发达县城的一个汽车站,几步就走到了出口。到出口向外张望,外边淅淅沥沥正在下雨,距离出口不远的地方,人们在冒雨排队等待的士。我感到一阵眩晕,赶紧向执勤的保安要了一个凳子,坐下来休息。保安说,你乘坐的是最后一趟客机,你应该早点离开这里,我们也准备下班了,要关门了。我说等一下,外边在下雨,我身体有点不舒服,等那些下机后排队打的的人都走完了,我再出去。保安默许了我,让我继续坐在出口处那个狭窄的廊道里,他的眼睛却不时地试探我,其中满含疑问和催促。我理解,他可能下班后,有急事,或许是要和朋友约会,或许是要急着赶回去和家人团聚,辛苦了一天,这是临下班最后的几分钟,所有一天中的疲劳和下班后的设想都拥挤到这一刻,因为我的迟缓,让他颇受折磨,怎能不让他焦急?我一直朝外望,眼看最后一个等待的士的人上了车,我赶紧起身,准备拉着行李箱往外走,那位保安飞快地走过来,一手扶住有些踉跄的我,一手向一辆停在远处的的士招手。的士快速开了过来,司机下车打开后备厢,帮我将行李装好。保安叮嘱司机:"这位乘客身体有些不舒服,你一定要关照好。"他在说"一定"的时候,语气坚定而有力。司机不断地点头。司机对我说,既然你身体不舒服,你就坐前边,前边稳当些。我上了车,摇下玻璃窗,连声向保安道谢,保安一边向我挥手,一边匆匆往回走。我看着他在雨中转身后宽阔而年轻的背影,感觉是那样温馨。一个再普通不过的保安,真实而善良。司机体谅我,想让我早点到达酒店休息,车开得飞快,但道路并不顺畅,常常急踩刹车,没有走出多远,我就彻底被颠晕。再加他说话时口腔里喷出一股巨大的烟味,能让我闭气。顿时,天旋地转,生不如死。晕车,是我旅行中常常要克服的一座大山,我必须咬着牙爬过这座大山。好不容易,到了酒店大堂,登记,去客房,过程都是无比的艰难和漫长。终于躺在酒店柔软的床铺上,望着窗外渐渐黑下来的天空,我内心昏沉的天幕上,缓缓出现了星星一样的光亮。夜里嗓子刀割一般痛,头也剧痛,好不容易挨到天亮,疼痛依然。与我联系的那位同志一大早打来电话,告诉我采风出发的时间。我说我身体有点小恙,今天就不参加活动了,能否送一两本黄岩的文史地理方面的资料,让我翻阅一下。他说:"那就送你一本我写的书吧。"他的书?我强调:"我不太喜欢看个人化的散文随笔,我要客观表述的文史资料。"他似乎觉得我这个人不识趣,就没有再说什么,挂了电话。一会儿,一位区委宣传部的同志打电话问候我,非常客气和蔼,我告诉他,我的身体状况和想法,他说:"石老师,我一定要来看你。"下午他果然来到我的房间,给我带了一兜水果、两本介绍黄岩的书籍,还有一个送给采风作家的小礼盒。随行的有三位,当地作协的两位同志以及一直与我联系的那位同志。暂且叫他联系人。当联系人与我握手时,我才看清他,他虽然个头不高,但长得颇为彪悍,虎头虎脑的一位中年人,他自我介绍是区里某局的干部,浑身散发着浓浓的烟味。估计除了疲于上班工作,下班后还要熬夜、抽烟、写作。他的不容易和无奈都写在他的脸上。那位宣传部的同志听介绍才知是部长,这是一位俊秀儒雅的年轻人,举手投足颇有风度,他说希望我早一点康复,让我安心休息。他简单介绍说,黄岩是柑橘之乡,黄岩的柑橘自古至今,天下闻名。他见我躺在床上,不便久坐,一会儿就告辞了。他们走后,我看见那一兜水果,除了几只苹果外,基本都是柑橘。一发现柑橘,喉咙里立刻有一种渴望在紧迫地升起。

我打开一个如清晨东方喷薄而出的太阳一样颜色的柑橘,水分饱满而香甜,一阵醴泉般清凉的感觉瞬间弥漫了我的嗓门,然后直达心田。吃完橘子,不到一分钟,奇迹发生了,头痛和嗓子

橘灯照亮家园

痛全止住了，而且半天加一夜的眩晕好像也是一场噩梦，瞬间烟消云散，身体也随之清爽起来。我兴奋地在屋子里走了数圈，然后好奇地打开那个小小的礼盒，里边竟然是一个瓷做的橘子的工艺品。它的体积略大于真实的橘子，我将它从盒子中请出来，端放在一个圆形的木制酱漆茶几上，躬身朝拜。这是滋养了当地人民数千年的果品，当我来到此地，它携带它神秘的光芒优待我，礼遇我。我凝视着它，热泪盈眶。仿佛这橘子的造型，已完全超越了真正橘子的形象，它突然变得抽象而入化境。这黄岩的寓意，莫不是被金黄的橘子笼罩和照耀的山岩？当然不是，黄岩是因为当地一座山上有一块黄色的巨石而得名，而非因为金黄色的橘子。但黄岩蜜橘的光彩毫不逊色那块据说可让人成仙得道的石头。曾被司马迁誉为"虽与日月争光可也"的楚国诗人屈原，以橘的品质自比，在《九章·橘颂》中曰："后皇嘉树，橘徕服兮。受命不迁，生南国兮。深固难徙，更壹志兮。绿叶素荣，纷其可喜兮。"看来橘子，自古就生长于南国，它热恋着它的南国，它也服侍着它的南国。当年楚国的橘子是否也是从瓯越传过去的，或者瓯越的橘子是从楚国传来？抑或与地共生、各有各的品位。至少屈大夫是坚信最后这一点的。屈大夫因为它而喜悦，我亦如是。王逸注曰，橘受天命，生于江南，不可移徙；种于北地，则化而为枳也；屈原自比志节如橘，亦不可移徙。黄岩橘子被记载的年代比楚国屈原所处的时代要晚，最早可追溯到三国时期。三国东吴沈莹撰《临海水土异物志》曰："鸡橘子，大如指，味甘，永宁界中有之。"永宁是东汉以来黄岩的旧称，当时黄岩属于临

后皇嘉树

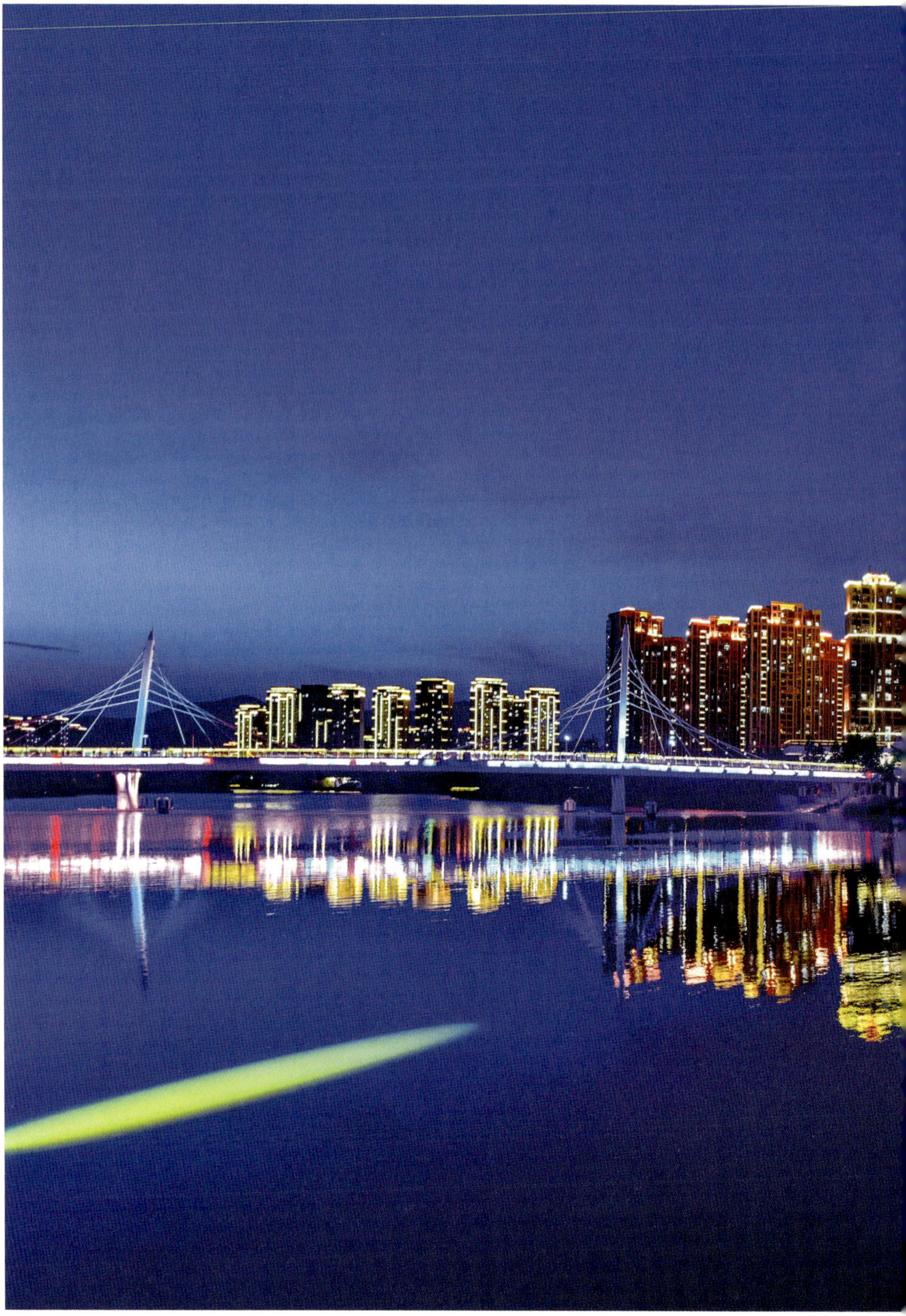

夜幕下璀璨的永宁江（徐晖 摄）

海郡。"鸡橘子",是黄岩蜜橘的前身。到了唐代,黄岩的乳柑成为贡品,深受宫廷的喜爱。北宋欧阳修主纂的《新唐书》中就有台州土贡乳柑的记载。南宋陈景沂《全芳备祖》载,乳橘"出于泥山(今属温州)者固奇也,出于黄岩者,尤天下之奇也"。时任台州知府曾惇有诗云:"一从温台包贡后,罗浮洞庭俱避席。"是说自从温州、台州向皇宫进贡柑橘后,久负盛名的广东罗浮柑和湖南洞庭橘就退避三舍了。(参见《浙江文史记忆·黄岩卷》)如果楚大夫屈原穿越到后代品尝过黄岩蜜橘,他一定会用黄岩蜜橘的品质作为他"橘颂"的原型。黄岩蜜橘,甜而不腻,爽口醒脑,虽悦人,然独立而激烈,与屈原一贯追求的"灵修"之理想不谋而合。黄岩种植蜜橘历代不衰,至今品种繁多,不愧为"中国蜜橘之乡"的称谓。蜜橘在黄岩,已成为神品。南宋徐梦莘《三朝北盟会编》一书中记载宋高宗南下,在黄岩附近章安镇发生的故事:建炎四年正月十五日,"上在章安镇,忽有二舟为风所飘,直犯冲禁船。问之,乃贩柑子客也。上闻,尽令买之,分散禁卫军兵,令食穰,取其皮为碗。是日元夕放灯之辰也。乃命贮油于柑皮中,点灯,随潮退,放入海中,时风息浪静,水波不动,有数万灯如浮在海上。"橘之俗字为"桔",有吉祥寓意,黄岩人为求吉祥,历来有"放橘灯""供橘福""点间间亮"等风俗。

　　被橘子金黄色的光芒照亮的我,有了精神,有了气力,走到窗子旁,放眼望去,窗外有一条缓缓向东蜿蜒而流的大河。人类皆逐水而居,凡是有一定规模的人类聚居地,必须要有一条水量丰沛的河流。来黄岩的路上，我一直在嘀咕，黄岩必然有一条大河，现在这条大河一定是那条河。一查资料，可以断定，这条河就叫永宁江。永宁江是黄岩的母亲河。永宁江也叫澄江。之所以又叫澄江，相传是因为南宋贤相杜范在黄岩永宁江畔出生时，永宁江水澄清三日，因此得名。一条河在当地人眼中，那就是天河，甚至是一切。我期盼着身体彻底好起来，首先要亲近这条河。岂料这条河就潜伏在酒店的旁边，一直在陪伴着我，守护着我。想到这里，我就有一种冲动。

在黄岩，又是一个夜晚过去了，身体基本复原。早起下楼，首先在自助餐厅遇见了诗友臧棣兄。臧棣是来黄岩参加自己诗集的分享会。我瞬间产生了一种好奇，在浙江东南部这样一个偏僻的区县，难道还会有诗歌爱好者吸引诗人来此与他们共赏新作？但就在同一瞬间，我的疑问被我自己否决了。从地理位置上看，黄岩西、北、南三面环山，只有一条永宁江向东流入海洋，确实偏僻，但黄岩的工业非常发达。它是模具之都，塑料之都。我虽然没有参观过黄岩的工厂，但我所住的酒店，各种肤色的外国人要比中国人多，他们都是来订购货物的。就凭这一点，这个小小的黄岩，就足可证明是一座国际之城。东晋后，特别是南宋以降，中原文化持续向东南迁移，东南一隅封闭的地形反而密闭和保存了许多古代人文的精华，民间文化的浓烈与奇特常常超乎想象。这是一座既开放又古典的城市。我想，臧棣兄在黄岩肯定遇到了许多他的粉丝。臧棣的诗，玄学的刀锋能在日常的琐碎和层层的剖析中，呼呼作响，试图在无奈中找到一种继续的可能。我们边吃边聊，我的用餐速度快，说话也快，用完餐，就起身告辞。出了酒店大门，过马路，开始探寻能下到永宁江边的途径。此时，吉狄马加兄来电，说此刻要约我来餐厅一晤。他们先到黄岩，已完成了两天的采风任务，按理今天就要返回，我晚到一天，又生病一天，我的黄岩采风才刚刚开始，但我们在黄岩还未见面。我答应马上返回酒店。在刚才就餐的自助餐厅东张西望一番，终于在一处餐桌旁找到了马加，也见到了多马等人，一问才知他们吃完早餐就要出发去机场。马加兄一边吃饭一边说："我知道石厉的老毛病。晕车主要是运动神经失衡，其实没有多大的问题。"我说："是，有时候也是心理问题，人就是一种具有复杂心理活动的精神动物。"马加萌萌地看了我一眼说："几天不见石厉，就想念石厉。"大家都笑了。马加兄的长诗《大河》发表后，我专门写过一篇评论进行解读。那首诗歌，将青藏高原的一滴雪水作为诗歌抒情的起点，激荡起全篇的文字，俨然有着芥子须弥的辩证格局，细微与壮阔互相辉映，奔流万里，逝者如斯。后来被谱曲，被制作成交响诗乐，在许多剧场上演，令人耳目一新。陪同他们吃完早餐，在酒店门口目送他们上车离去，我的脑海中却被马加兄《大河》诗意的旋律所占据，被《大河》的节奏所催促，不禁加快步伐，穿过酒店门前曲折的池馆小径，很快就下到了永宁江的岸边。

　　黄岩地形西高东低，西、北、南被群山环抱，东面在弯曲中向大海敞开，形似一个不规则的簸箕。永宁江则发源于黄岩西北方的括苍山脉。这条河，经过不同支脉的汇入，流量逐渐增大，像一条蜿蜒的飘带，忽北又忽南，但大趋势必然朝东而去，经过全长近八十公里的流程后，汇入大海。在黄岩城这一段，河面非常开阔，由于地势落差较大，仔细看，稍显混浊的水流有些汹涌湍急。紧靠水边的河床是在粗铁丝编织的网套中由石块填充而成，估计更耐受水流冲刷，这种技术我在四川成都的都江堰有所耳闻，建造都江堰的先民曾用竹篾编成笼套，里边塞进石块，在激流中建成水坝，结实耐用。而铁丝当然比竹篾不知要坚固多少倍，在这些被铁丝固定的石坝外侧，则是约有三米宽的水泥路面，路面都做了橡胶泥的柔性处理。由于是大清早，走在河滨南岸的舒适小路上，前后目光所及，几乎没有行人。沿河南北两岸不远处，皆有青山做伴。相传晋宋之际山水诗的开创者谢灵运，在永嘉期间，"肆意遨游，遍历诸县"，他曾游历北雁荡山脉，在距离永宁江南岸不远的委羽山上，写下："山头方石在（静），洞口花自开。鹤背人不见，满地空绿苔。"这首诗，似乎迎合了我内心的一种需要。权当以前与我一起来过台州的柳萌先生和怀谦兄也只是成仙得道，驾鹤西去。仙人的传说是对生者一种漫长而巨大的安慰。委羽山一名俱依山，又名龟兹山，当地人简称龟山。传说西汉时期有仙人刘奉林在此修道成仙，骑鹤升天，羽翮坠落山上，此山又叫委羽山。东北麓有委羽山洞，为道教第二洞天，洞前建大有宫，为全真北宗龙门派圣地，名扬海内外。关于谢灵运该诗，有人将"在"写作"静"，相比较二字优劣，"在"有沧桑感，"静"是一种状态词，两个字皆为仄声韵，都可以用。晋人诗歌大体上已开始注重声韵，这也是不争的事实，但这首诗只在后来一些地方史志中有载，不见早期诸本收录，想必也是诗人的散佚之作。此山有了大诗人谢灵运的加持，让这方东南僻壤从此声名远播，也为永宁江流域增加了人文厚度。再抬头越河而望，翠屏山正如一道葱郁的屏障，横在永宁江的北岸，犹如黄岩的北屏风。南方的山，全被绿色的植被所覆盖，从外部根本看不见大山的内部到底蕴藏了怎样的奇异景致。但其实走进这座大山，山里名胜不少，有灵岩洞、六潭瀑布、灵岩和朱岩摩崖等，尤以樊川书院著名。南宋思想家、理学大家朱熹在台州任职时，曾驻节黄岩，受邀在翠屏山樊川书院讲学，东南士子一时云集，从此黄岩文脉隆盛。朱熹偏爱翠屏山，他说："黄岩秀气在江北，江北秀气在翠屏。"（见《浙江文史记忆·黄岩卷》）但翠屏此时我只能远眺。樊川书院，由来有因。大概与杜樊川并非无缘。唐代诗人杜牧晚居长安南郊樊川别墅，后世号称杜樊川，有诗集《樊川集》传世。唐朝后期，杜佑之孙、杜牧从弟杜羔为避黄巢之乱，举家迁徙到黄岩院桥柏山之杜家岙。北宋真宗咸平三年杜羔的后裔杜垂象成为黄岩首中进士，从柏山迁至黄岩北城翠屏山下，开辟了杜家村。南宋时，杜椿因对祖望之地的怀念和对先人杜牧的敬仰，自号樊翁，把自己和儿子（杜烨、杜知仁）读书、宴游之地称作樊川，在六潭山的第二潭与第三潭之间建立书院，称之为樊川书院。南宋高宗时，1151 年 5 月，朱熹中进士，被朝廷任命为福建同安主簿，二十二岁的朱熹奉母亲之命、以感恩之情，特地到黄岩灵石寺拜访隐居在这里的对他父亲朱松有知遇之恩的世交谢克家之子、太常少卿谢伋。受谢伋点拨，朱熹对理学大有感悟。宋孝宗淳熙元年（1174 年），朱熹任礼部宣教郎，主管台州崇道观,管理敕建宫观等工作。第二年春,黄岩县令孙叔豹得知这个讯息,邀请朱熹到黄岩学宫给学子们讲学。杜家村的杜烨与胞弟杜知仁请朱熹到樊川书院讲学。朱熹发现这地方很好,就常来此地讲学,人们知道朱熹在这里讲学,汇集的人越来越多,朱熹也越来越热衷于他的讲学活动,传播他的理学思想。黄岩志书记载:"从师朱熹受业者,几遍大江之南,而黄岩为独盛。宛然邹鲁之遗风。"他的那首《观书有感》其一,是中国古诗中最典型的意象派诗歌:"半亩方塘一鉴开,天光云影共徘徊。问渠那得清如许?为有源头活水来。"写书,诗中却无一字写书。像朱熹这样的文坛巨擘,能亲临黄岩执教,乃黄岩之大幸。从此黄岩文风大盛,科举登榜者激增,仅南宋时期黄岩人考中进士的多达183人,涌现了大批英杰。朱熹除了讲解《春秋》等儒家经典外,还与赵师渊等人共同编写了《资治通鉴纲目》。朱熹认为司马光编修的《资治通鉴》,虽史料翔实,但过于冗繁,他拟定提要与条例,指导赵师渊等写成《资治通鉴纲目》,简称《通鉴纲目》。杜家也在此时对樊川书院加以扩展,并在旁边修建了座凉亭,叫擘翠亭。此亭隐在崇山峻岭中,一时望不到,但来黄岩者,一旦知道如此背景,无人不心向往之。

黄岩山清水秀,人文荟萃,澄江两岸从此名士辈出。其地文化厚积薄发,和黄岩蜜橘一样,你若非亲自品尝并感同身受,就难以体会到其醇厚的品质。我一直后悔先前为什么要拒绝那位我初到黄岩的联系人送我著作一事,说不定这位朋友当是一位饱学之士。庭迹朝隐,自古皆然。忽然一阵清香扑鼻而来,只见蝴蝶和蜜蜂乱飞，在岸边的一块浓荫里，有一片橘树林，开满了密密麻麻的小白花，随着一阵清风吹过，花瓣像雪片一样在空中翻飞，幽馨迷人。沿江两岸，土地肥沃，气候温润，自古是生长嘉树的适宜之地。现在已到落英缤纷时节，也正是花落挂果之际，如此瞬间，我和这条江有了如此一种美好的相遇，我的内心怎不欢喜？而这嘉树所结的果实，就是解救我走出困境的果实，此刻，对于我，这果实的分量远比分别善恶树上的那种果实要重。这还没完，正在我沉浸于眼前的佳景时，就在我附近的岸边，一块伸进水中的礁石上，一只白鹭在上边优雅地踱步，它的神态完全是一位美少女的姿态，它每迈出一小步，就扭动它细长的脖颈，回首一瞥，有时又低首自顾。它好像在等待什么？山不在高，有仙则名。它就是这条江上的仙物。我缓慢的响动让它产生了警觉，它张开翅膀想飞走，但又觉得我只是小心翼翼地观赏它，它又合拢了翅膀，继续它的搔首弄姿、自我摆弄。我只好停止了走动，站在原地，生怕惊扰到它，又怕它察觉我的心事，突然想起鸥鹭忘机的寓言，还是觉得自己也许天生具有让这尤物恐惧之处。这时候河对岸一只白鹭起飞了，先是在天空呈现出一个蝴蝶般大小的小白点，随着飞得越来越近，能看见那只体型稍大的白鹭嘴里叼着一条还在挣扎的鱼，就像叼着一根被风吹动的草。它落在了那只白鹭的面前，用长长的鸟喙将鱼摔在岩石上，同时快速地用利爪按住鱼的头颅，鱼早已失去了反抗的耐心，一动不动，显然这条鱼作为战利品是那只白鹭用来讨好这只白鹭的。讨好明显是成功的，两只白鹭张开翅膀，长颈和长颈纠缠在一起。它们的拥抱是热烈的。正如《诗经》里的歌诗："野有死麇，白茅包之。有女怀春，吉士诱之。"这只白鹭表现出的求偶之文明与古代髦士没有太大差别。可是就在两只白鹭忘乎所以之时，那条本来可以用来美餐一顿的黄鱼，突然一个翻身，蹿入河水之中。鱼有鱼的智慧，只要靠近水，鱼无疑就有了生气，它也是水中的蛟龙。而这两只白鹭谁也没有分神，它们只管尽情地欢乐，它们只管过程，对于最终的得失完全是一种无所谓的态度。它们有一种飞禽的傲慢，仿佛以一种居高临下的口吻在说，永宁江上，我终为王。它们在交颈行吻，它们激烈地转着圈，不时双双翅膀张开，像一对芭蕾舞的舞者。飞禽的交媾远远比走兽要高雅、美妙。它们心满意足后，双双腾空而起，开始翱翔在天上。我仰望着它们，它们是那样自由和无限，我怀疑，它们永远没有死亡，至少它们会死在谁也看不见的地方。确实，它们是这条江上，这片领空飞得最高的生命，是这个领域生物链的最高端，它们对河中的鱼类而言，永远是可望而不可即。但鱼有鱼的快乐，飞鸟有飞鸟的浪漫。你看，水中不时有鱼跳跃，在突然的响声中溅起水花，接着又看不见了，钻到了水的深处，水的世界是它们真正的故乡，这里，绝对是它们的天下。它们用鱼的眼睛瞥一眼我们，可能就像我们用人的眼睛看一眼天上掠过的飞鸟。而刚才的那一对白鹭，在空中盘旋了一阵后，又被那一大片嘉树所吸引，它们双双落下，隐身在橘树林的一堆堆绿叶白花之中，成为漫长岁月中最为经典的一幕。但不知被我们所赞美的这树，在自己的年轮中又如何描摹我们？

后皇嘉树

黄岩行记

李寂荡

我是第二次到台州。第一次去差不多是十年前，去的地方不是黄岩，是海边的一个村落，那个村落叫什么名字，我记不得了，我只记得就在海边。海岸并没有沙滩，海水退潮后，是一片乌黑的淤泥，就是所谓的滩涂吧。我住的旅馆与大海近在咫尺，中间隔着一条公路，夜晚睡觉的时候，能听见阵阵涛声，终于体会到了"枕着涛声入眠"是什么意思了。记得一个晚上，狂饮之后，带着醉意，挽着裤腿，大家牵着手踏入海浪，欢声笑语一片，畅快至极，我记得头顶上有一轮皓月的。现在回想起来，那时我们多么年轻啊。

　　在那次采风活动中，认识了几位当地的文友。其中一位女士，每年秋天，会给我寄两件橘子。那橘子，无籽或少籽，皮薄，多汁，极甜，一口咬去，满口的蜜汁，非常过瘾，应该说，这是我吃过的天下最好吃的橘。一年又一年，到了秋天，我暗地里不自觉地期待台州橘子的到来，但转念一想，这样的期待似乎不地道。这不是让朋友破费嘛，这会给朋友添麻烦的。可能是我的口舌、我的味蕾在驱使我产生这样的期待。这味道让我对台州的印象又增加了甜蜜的味道。黄岩的橘子为什么这么甜？黄岩蜜

黄岩行记

橘，是浙江省台州市黄岩区特产，中国国家地理标志产品。黄岩作为"中国蜜橘之乡"、农业农村部优质柑橘生产基地，种植历史悠久，品种繁多，所产柑橘酸甜适中。黄岩属于中亚热带季风潮湿气候类型，全年气候温暖湿润，四季分明，无霜期长，年日照时间长，光照充足，降雨充沛；蜜橘有山泉水灌溉，山中的昼夜温差大有利于橘子的糖分积累；此外黄岩柑橘的集中产区为永宁江两岸，土壤肥沃，土层深厚，带沙性，通气性好，加上永宁江潮涨潮落，富含柑橘生长发育所必需的有机质和矿物质微量元素，滋润土壤，为柑橘类植物的生长提供了理想的土地。

而今年的采风活动，叫作"2023 中华（黄岩）橘花诗会"，我想这活动就与这橘子、这甜蜜的味道有直接的关系了。尽管我的眩晕症尚未痊愈，而且又因为腰椎间盘突出引起坐骨神经疼，走路有些瘸拐，但我还是欣然应允前往了。

橘园

下了车，我们要穿过一个偌大的橘园，到达晚上举办演出和论坛的会场。夜色四合，刚好雨停，我们行走在蜿蜒的木栈道上，两旁都是密密麻麻的橘子树，在路灯的映照下，只见树叶湿漉漉的，盛花期已过，还有零零星星的白色花朵挂在枝条上。这时，橘园里是蛙声一片——后来听人说，那是音箱里播放出的蛙声，但不管是当时橘林里发出的蛙声，还是录播的蛙声，反正那

水上"眼睛"望龙舟 （潘侃俊 摄）

是蛙声，当时我的感觉就是地里的青蛙发出的，压根就没想到是音箱里播放出来的。那蛙声就该在雨后的园林里发出。

行经一座石桥，桥下是一条河，河面上正漂流着一只只的橘灯，像萤火虫似的闪烁着，从黑暗中来，向黑暗中漂去。恍惚中，仿佛回到了古代，正逢佳节，出门游园。路边的帐篷也有孩子在做橘灯，橘灯的灯光映照着孩子稚气的脸蛋，孩子抬眼看

黄岩行记

时，眼睛圆圆的，如水一般清澈。这时，我突然想念起几千里之外的女儿，两岁多的女儿。在这些孩子的身上，我仿佛看见了女儿的面庞和影子。

演出有乐器演奏，有诗歌吟诵，有舞蹈，演出者多着古装，古装是优美的，舞蹈的身姿是婀娜的，让人想到古代文化中那优雅的一部分。

演出结束就是诗歌论坛，上台的嘉宾有著名诗人吉狄马加先生、王家新先生，散文家冯秋子先生和我。话题是关于"写作与大自然的关系"。我是最后一位发言，我说道，无论工业化、城镇化如何，人永远是大自然的一部分，越是工业化、城镇化，人越是与大自然疏离，越是对大自然怀有强烈的乡愁，人和青蛙、河流、树木一样，永远是大自然的一部分，人的生命与大自然保持着一种恒定的同步的律动。从"诗经"时代到清朝，中国社会都是农耕社会，人们日出而作、日落而息，与大自然的关系是极为密切的，看月亮我们知道今天是初几，听布谷鸟鸣，知道到了耕种的时节。在中国两千多年的诗歌书写中，大自然的景物密布在我们的诗歌中，而出现频率最高的景物是"风雪月花"，很多景物都人格化、隐喻化了，成了固化的符号。为什么不断出现"风花雪月"？因为诗歌是对美的表达，而这些事物是最具美的特性，我们对美的追求和喜爱是本能似的，没有道理可讲的，就像我们喜爱一朵花，爱一个人是没有道理可讲的。但是，"风花雪月"这些意象使用多了，形成了一种惯性，缺乏新意，隐喻上陈陈相因，最后带来的是一种写作的惰性，给读者带来的是一种麻木，所谓的"熟视无睹"。写作就是与"风花雪月"做斗争。因为无论时代如何变迁，"风花雪月"仍然是美好的事物，在诗歌中仍然要进行表达，但一定要是新意的表达，正如杜甫的"风花雪月"不同于李白的"风花雪月"。

当我发完言，抬头看天，一轮明月正钻出乌云，照临大地，仿佛在默默地俯视着我们，俯视着橘园。

天空之城

黄岩的天空之城会是什么样子呢？

这天是阴天，偶有零零星星的小雨。去往天空之城的公路是盘山公路，坡陡弯急。在山下时，几乎没有雾，随着汽车往高处攀升，雾是越来越大了。到了山顶，完全是一片雾海，能见度只有十多米，"天空之城"仿佛藏入云海中，我好像已经身临山巅的秘境。显然，登高并不能望远，不能望见预想中的风景、远山、村庄、湖泊。并且，还感到有些冷，风很大，撑着的雨伞会被风刮翻。我们迅速地钻进茶室，这茶室现在的功能首先是遮雨避风。茶室四面是玻璃墙，若是晴朗的日子，一定是一个品茗看风景的好地方，而现在，室外大雾弥漫。大雾之中，人自然会有一种孤独感，一种淡淡的哀愁像大雾一样弥漫开来。开起了热空调，泡上了热气腾腾的绿茶，也打开灯光，这时似乎感到了些许的暖意。

吉狄马加先生让助手打开音响，播放随身带来的音乐，那是他作词的歌曲，彝人歌手演唱，那歌声是苍凉的，在歌声中我仿佛看见了莽莽苍苍的大凉山，凝视着马加先生苍苍白发，我感到了岁月的辽阔与沧桑。什么风景也看不到，但在我们的内心，我们仿佛看到了遥远的风景。

大雾天，天空之城仿佛罩上了厚厚的面纱，而登上天空之城的我们也是罩在了这个面纱里面，不，天空之城附近的山峦、树木、湖泊、天空都罩上了面纱。只有太阳出来，雨停雾散，这层面纱才会褪去。我们的感官被遮蔽了，我们的想象似乎也失去了发挥的基础。

我便在手机上搜索天空之城的视频。"天空之城"位于黄岩平田乡黄毛山山顶，海拔670米。目前已成为集高山茶园景观欣赏、茶产品购销、户外拓展、农事体验、科普教育于一体的农旅基地。原来，天空之城建在碧绿齐整的茶园中——我们喝的茶叶是来自身边的茶园，因为山高，气候温润，茶叶也显得醇甘。而在山脚则是一片宽阔的水域，那就是长潭水库，波平如镜，青山白云倒映水中，水中自然有了另一重山峦，另一片天空，天地因此更显辽阔。因为天空之城建在最高的山巅，极目望去，可见重重山峦，气势恢宏，山腰有缕缕白雾移动，又增添了一份飘逸。而在傍晚，落日熔金，千山尽染，更是一番壮丽的景色。后来，我们又从茶室移步到更高处的咖啡吧，里面有许多正在喝茶喝咖啡的陌生人，雨在滴滴答答地下着，不时还会飘进室内，淋湿了桌椅，一会儿那些人都纷纷起身离开。真是不知其所来，也不知其所去。

晚餐时，喝的是一种当地酿的米酒，对于来自盛产烈性酒、盛行喝烈性酒的贵州的我来说，这酒的口感是清淡的，但我知道，这种酒的后劲很大，一旦醉倒，很难醒来。喝惯了浓烈的，有时尝尝清淡的，也未尝不好。餐桌上有一种当地的特色美食叫嵌糕，据说这种美食以前只是逢年过节才吃的，也是招待宾客的佳肴。嵌糕是将粳米粉蒸熟捣揉做成糕块，压成饼状，加入馅料，裹成筒状捏紧，加入的馅料有红烧肉片、豆腐干丝、马铃薯丝、包心菜丝、萝卜丝、绿豆芽、洋葱、咸菜、油条等等，如再浇上一两勺鲜肉汤，味道更鲜美。我们有的人吃上一卷，就会很饱，有的却能吃上两卷，令人惊叹。这种食物极像我家乡贵阳的丝娃娃，区别主要在于，丝娃娃的馅放的都是素菜、生菜。我在贵阳生活多年，发现喜欢吃"丝娃娃"的多为女性，尤其是年轻的女性。也许男性多是"食肉动物"——我也不例外。

黄岩博物馆

据文献记载，黄岩博物馆成立于1984年，时称黄岩县博物馆。新馆位于黄岩二环南路288号，历时六年，累计投入资金1.3亿元，于2017年5月正式开馆。博物馆由中国工程院院士程泰宁先生主笔设计，以黄岩石的石文化为设计灵感，犹如五块巨石屹立于金带河畔。2020年12月，黄岩博物馆被评为国家二级博物馆，2021年12月，被评为国家4A级旅游景区，是浙江省首批跻身国家4A级景区的县级博物馆。

新馆现有藏品总量近万件，其中国家一级文物101件，二级文物67件，三级文物280件。其中，以灵石寺塔出土的北宋佛教文物，沙埠青瓷窑址出土的晚唐—北宋青瓷器，路桥小人尖西周遗址出土的原始青瓷器等文物最具特色。

"华夏民族之文化，历数千载之演进，而造极于赵宋之世。"宋代是中国古代社会经济与文化发展最繁荣的时代之一，被西方誉为"东方的文艺复兴时代"。在黄岩博物馆，"宋韵"不容错过，馆内最为著名的藏品，大多出自宋代。黄岩的"宋韵"与2016年的考古发现密切相关。2016年5月，黄岩南宋赵伯澐墓进行抢救性发掘，出土了南唐至宋代文物90件。时隔800年，其中大部分丝绸服饰仍保存完好，且丝绸服饰形制丰富、纹饰题材多样，织物品种齐备，代表了宋代丝绸艺术的最高成就，堪称"宋服之冠"。

我有眩晕症，参观一阵之后，我坐在走廊的椅子上歇息，漂亮的讲解员见我似乎不想参观了，便对我说，下一个展厅您不参观会遗憾的，里面有国家一级文物。的确，里面有些石雕是国家一级文物，尤其是宋服令人惊叹。

宋服保存完好，工艺精湛。屏幕上在播放着赵伯澐墓的发掘过程，他的棺椁被完整地吊运到卡车上，卡车司机找到的是有丰富驾驶经验的，运输过程卡车要开得缓慢和平稳。后来我又看了纪录片，片子记录专家如何小心翼翼地将衣服从尸体上剥离，赵伯澐虽然贵为皇胄，现在犹如一件物体。我想象着他生前奢华而高雅的生活，但死亡和时间都将这一切抹去，最后他变成了一具破烂不堪的尸骨，这时我想到，死亡是多么的丑陋啊。

赵伯澐的坟墓是被黄岩区屿头乡前礁村一位村民发现的，经现场考古发掘发现该墓未遭盗掘。清理墓葬时，专家发现这是一座砖椁石板顶的夫妻合葬双穴墓。从右穴的墓志可知墓主人是南宋赵伯澐妻李氏，李氏卒于南宋庆元元年（1195年），次年下葬于"黄岩县靖化乡何奥之原"。右穴早年遭遇过偷盗，棺木已朽蚀大半，除墓志外无其他随葬品。但是，左穴保存完好，棺木朱红髹漆，一如新造。据1993年编修《黄岩西桥赵氏宗谱》卷七，墓主人赵伯澐系宋太祖七世孙，两宋之交，其父赵子英始徙居台州黄岩县，遂为邑人。赵伯澐绍兴二十五年（1155年）生，嘉定九年（1216）卒，赠通议大夫，与李氏合葬。

黄岩赵伯澐墓的意外发现，出土了76件/组丝绸服饰，是浙江历史上出土的最为集中和顶级的南宋丝绸，其形制多样、织物品种繁多、纹样典型，充分体现了南宋服饰特点及制织工艺特征。丝绸服饰一部分来自棺中陪葬品，一部分揭展于墓主尸身。该批衣物真实地体现了赵氏宗室成员的礼仪性服饰及日常穿着，尤其是穿着于尸体上的丝绸服饰最能体现其身份和地位。赵伯澐墓丝绸服饰，是迄今唯一发现的成系列的宋代士大夫服饰，出土26件衣服，19条裤子，7双鞋子，一共76件丝织品，它的服饰形制之丰富，织物品种之齐全，纹饰题材之多样，纺织工艺之精湛，为世所罕见。这些丝绸之物，涵盖了衣、裤、鞋、袜、帽等服饰,有绢、罗、纱、縠、绫、锦绸、刺绣等丝绸品种。这些珍贵的文物在服饰文化史、纺织科技史、设计艺术史、社会经济史、对外交流史等方面具有十分重要的研究价值,所以被称为"宋服之冠"。赵伯澐的衣服款式,有圆领、交领、对襟以及袍衫、襦袄等等,除了官袍,大多为燕居之服,也就是休闲的服饰。其中,交领莲花亮地纱袍,衣袖极长,着此袍,满身荷花,一派盛夏的风情;这件衣服呈深褐色,通体是莲花的图案。在这些丝绸服饰中最有名的一套——对襟双蝶串枝菊花纹绫衫,是安放于棺木中的随葬品。绫衫呈浅黄色,饰有双蝶串枝菊花的花纹。领、襟、袖、下摆等处的沿口都镶有深褐色的衬边,对襟沿口接近下摆之处备有两条系带。衣长95厘米,通袖长182厘米,袖宽49厘米。这件衣服是赵伯澐墓出土丝织品中,色彩最为亮丽,图案最为精美,保存最为完好的一件。这件绫衫的精妙之处在于它精美的纹饰图案,秀丽的重瓣菊花均匀点缀于舒展的枝叶间,一对蝴蝶也许是闻香而至翩翩飞舞。花、枝、叶、蝶四个元素组成的图案单位循环连续,疏密有致、均匀和谐。古代的服饰为什么那么华美?现代的服饰越来越趋于简单和实用。在现代社会,相较而言,女性的服饰要华丽一些。我想起禽类,往往是雄性拥有华丽的羽毛,现代的人类似乎正好相反。华丽的羽毛也许是为了吸引异性而进化出来的,但作为人类,打扮化妆繁复的都是女性,一定程度上也是为了吸引异性。这就与动物界相反了。但在古代,男性的服饰也是相当华丽的,也饰着花鸟等漂亮的图案,

黄岩赵伯澐墓出土的南宋服饰被誉为"宋服之冠"（黄岩区博物馆提供）

色彩也绚丽。在那时，两性间是竞相"斗艳"吧。

　　我们在屏息凝视着这件的华服，服饰盛开的菊花，花丛中翩飞的蝴蝶。这让我想到，美与艺术比人的生命更持久，能够穿越相当长的时间与后世的人相遇。这件衣物虽薄如蝉翼，却比人的肉身更能抵抗时间的腐蚀。蓦然间，我有一种感觉，我们是一群走动的文物。

黄岩行（三首）

李寂荡

在黄岩博物馆

从宋室皇胄的尸身上剥离的
衣衫,薄如蝉翼
绣着繁茂的菊花,并有
一对蝴蝶在丛中翩舞

这是国家一级文物,我们
屏气凝视这八百年前的华服
带着些许惊愕与疑惑
一起陈列的还有这位皇胄的裤子、鞋袜
这仿佛他留下的蝉蜕
而他早已羽化成仙

蓦然,我在玻璃镜中仿佛
看到一双眼睛,正在漠然地凝视着我们
我骤然感到
我们都是一群走动的文物

橘 园

河流里有盏盏橘灯在漂移

萤火虫似的，这是雨霁的傍晚

所有的橘树湿漉漉的

零零星星地挂着还未凋落的白色花朵

整个橘园仿佛在举行

一场盛大的音乐会

所有的青蛙都参与了演唱

人类在橘园的一角举行

人类的演出，着古代的服饰

舞蹈，吟唱，弹奏

都被青蛙的演出紧密地包围着

正如舞台的灯光被广袤的黑夜所包围

我们在台上谈论大自然，谈论甜蜜

谈论诗歌的书写。谈论间

我时不时地抬头望天

一轮明月默默地俯视着我们

空中之城

随着一个又一个急转弯
一车人被一层层地往高处递送
爬升越高,雾越稠
到了山顶,便陷入雾的海洋
极目不能远眺。预约的风景
——湖泊、村庄、森林呢?
仿佛寻隐者不遇

我们能看见的能交流的
是我们的同行者
我用黑色的雨伞抵挡迎面刮来的大风
匆匆钻入茶室。茶室的音箱里彝族歌手
在唱着苍凉的歌
我仿佛看见了莽莽苍苍的大凉山
也被大雾包围

我们与自己独处
我记住了路旁那一丛玫瑰
结满了花蕾,花蕾上凝结着无数的露珠
待其绽放时,我已身在故乡

黄岩行(三首)

朱幼棣

又见黄岩蜜橘

1

  十一月的北京，秋风一阵紧似一阵。落叶缤纷，满地金黄。

  这时，在街头巷尾大大小小水果摊上，到处可见招徕顾客的招牌，上面写着：黄岩蜜橘。在新华社西门外的几个水果摊上，有卖西瓜、香蕉、富士苹果、美国蛇果等等，琳琅满目，这时也不例外地卖起了"黄岩蜜橘"，这些招牌每天上下班都可见到。

  作为一个黄岩人，只要拿起橘子看一看，我自然知道这些"黄岩蜜橘"并不"正宗"，皮宽且厚。但客居京华，见到凡卖橘子的，都标榜自己的果品为"黄岩蜜橘"，不免有亲切之感，也暗喜——有时即使是假冒，也不必去打假，到处免费为故乡做广告，提高其知名度，在商品经济发展的今天有何不好？

  上海认黄岩蜜橘，这我是知道的，到上海等地探亲访友的，都带些橘子。过去我住在县城东门黄岩老汽车站附近，每有路过客车停下，车上的旅客都纷纷下车买橘。可黄岩的橘子在北京却难觅其踪。

  在 20 世纪 80 年代初，北京深秋后水果摊点不多，以苹果和梨为主，也很少有打黄岩蜜橘招牌的。黄岩对北京人来说，还是个遥远的所在。满街摊点卖橘子都标榜黄岩蜜橘的，还是进入90年代以后。

2

　　黄岩的蜜橘有悠久的历史。据柑橘研究所任伊森与博物馆陈顺利先生考证，黄岩在2300年前已有柑橘栽培。我没有找到三国时沈莹所著的《临海水土异物志》，无法做进一步的探索。因他们都是专家，想来是有一定的根据。2300年前，当时处于春秋时期，沿海地区生产力发展水平并不高。我想当时的黄岩柑橘，无论品种质量，与今天还是有很大的差异。证明其有，无非是说明黄岩的物候和水土条件，适宜柑橘生长，而且黄岩也很可能是野生柑橘类植物的原产地——这一点十分重要，寻找和保护好真正的野生橘林，对保护生物多样性和种质资源有重要的意义。

　　黄岩栽种柑橘在宋代已形成规模，成为闻名于世的优质品种，这有《橘录》《柑子记》等大量典籍上的记载为证，是确定无疑的。朱熹在黄岩讲学时写下了《次韵吕季克橘堤》："君家池上几时栽，千树玲珑亦富哉。荷尽菊残秋欲老，一年佳处眼中来。"诗人独具慧眼，黄岩一年佳处正是蜜橘成熟采摘的深秋，可见当时橘子已大量进入市场，销往各地，橘农有靠卖橘

橘灯照亮家园

子致富的。

公元1130年,金兵攻下开封之后,直下南京、南昌、临安等地。宋高宗赵构逃离临安,漂泊在海上,到了台州湾,停靠在章安金鳌山下。恰逢正月十五元宵节,据《三朝北盟会编》记载,黄岩永宁江上有"二舟为风所飘,直犯冲禁船,问之,乃贩柑子客子……分散禁卫军兵,令食穰,取其皮为碗,……点灯,随潮退,放入海中。"

这就是宋朝。

宋朝让人感慨让人愤懑让人沮丧,又使人神采飞扬旷达潇洒,活得有声有色。

浩浩的江面上闪闪灼灼地漂浮着无数橘灯,这在乌云低垂、月黑风高的夜晚是何等灿烂的景象!

你要喝酒你欲填词还是想拔剑悲歌?

倒不是因为这个赵家皇帝玩得出格——他们父兄都因为善玩而丢了江山。实在说,这一夜买下两船橘子的决策算不得腐败,从临安到宁波,又逃到舟山,要是再过一个看不见月色的元宵节,那心情的灰暗与沮丧还用提吗?我想,我们多灾多难的民族,那一晚都看到满江漂来的黄岩的橘灯,悬浮着的点点火光和点点希望,这是暗夜中最温暖人心的亮色。

皇帝有没有到过"隐居寺"已不重要,传说总是有它流传的理由。不谈贡品。也许历史就在这一刻记住了黄岩的蜜橘。

又见黄岩蜜橘

云卷云舒绣黄岩（钟彪 摄）

3

  我们对橘树的认识，没有那么理性。

  庭前屋后有橘树，走出城外就有橘林。澄江两岸，西江两岸，山上山下，郁郁葱葱。北方的冬天萧瑟苍凉，缺少绿色，江南很多地方秋天收割后亦田野裸露，山瘦水寒。黄岩最不缺少的就是层层叠叠的绿。

  一截爬满常青藤和覆着南瓜叶的矮墙，几株绿荫如盖的橘树，数棵高标的棕榈，以及掩映在浓绿中的老屋，便组成了童年记忆背景的全部。当然，后门外还有块石板，石板下的长沟里流水潺潺，长年不断，水草里还有些小鱼游弋。这些景象就在黄岩、江南大县的县城里。

春天，橘树开花了。橘花为白色，不大，星星点点，密如星云。满城都弥漫着馥郁的清香。

洛阳的牡丹、北京的槐花、南京的梅花……可是我们不用踏青，也不用专程去赏花，随便走走，就会步入橘林，踏进花海。记得那时，我最喜欢的就是坐在江边的橘林里，在无边的流动的馨香里，听着静夜中花瓣散落在湿润土地上天籁一般的声音。我想，这一辈子都离不开这片土地了。

夏天，橘林中也很好玩。可以捉知了，还有掉下来的橘实——这是青的小橘果。一株橘树，结的果太多，等不到成熟，就会自然落下来一些。捡的橘实可以卖，几分钱一斤——大概现在的孩子已不捡橘皮橘实蝉蜕之类卖了，然后再去买支铅笔买个本子。现在即使勤工俭学，也比我们小时候干得高尚，出手也大气得多。

特别是刮台风的时候，满天乱云，满地落叶。疾风骤雨之后，我们赶紧钻进橘园，那时能捡到不少落在地上的青橘。这是令人兴奋的时刻，青橘虽有些酸，但能吃，用现代人的眼光看，维生素的含量还特高。

我是在秋天离开黄岩的，这也是命运的安排。

离家的时候，橘子还没有黄。

4

  故乡的橘子是好。但不是所有品种都是上品。

  走了大半个中国以后,才知道无论是橘是柑是橙——这些都应是柑橘类吧,优良的品种其实在全国各地还是很多的,有的并不比黄岩产的逊色,而且风味独特。像长江三峡奉节的脐橙、广东廉江的红橙等等。就是无核橘,近年来四川、湖南的一带的新产地,也有个大皮薄味甜的好品种。更不用说一些进口的柑橘了。

  从这个意义上来说,即使是假冒,也并不都是败坏了黄岩蜜橘的声誉。

  消费者对黄岩蜜橘的偏爱,有没有历史的"误导"?

  作为黄岩人,在高兴之余,也不免感到诚惶诚恐。我深知,黄岩是个老橘区,柑橘品种的更新换代,也不容易——这一两年,有老乡进京,偶尔也给我捎来"正宗"的黄岩蜜橘。其中也有个小、核多、味酸的,我尝后真不敢恭维。孩子心里藏不住话:"爸爸,怎么还不如街上买来的好吃?!"

  于是我又想起烟台苹果的消失。

  无论是"黄香蕉""青香蕉",还是"国光苹果",风光了几十年,可现在都很难在市场上见到了——卖苹果的摊子上一律引人注目地写着"富士""红富士"。我不知道烟台人见后有何感受。

  培育一个享誉全国的佳果,可能要几百年甚至上千年,一代又一代的辛勤付出，但它优势的丧失，可能只要几年十几年。何况近年来黄岩耕地减少，橘林减少，产量的优势已经不存在了。

但愿年年秋风起时，京城再满"黄岩蜜橘"。

我的身体闻到了橘花清香

麦阁

人生是一趟旅行。每个人的经历就是各自不同的人生。沿途所有的相遇都是缘分。

2023年5月初，我有缘有幸，到达浙江东部黄岩。此时的黄岩，正所谓是"满城尽带橘花香"。

那是一个真正春风沉醉的夜晚，在黄岩柑橘种源基地，2023年中华橘花诗会暨全国知名作家、诗人黄岩乡村行走计划采风活动启动仪式在此举行。帷幕打开，来自全国各地的作家、诗人相聚黄岩，以诗文会友，用脚丈量、认识、感知这片好客的热土，用自己的心灵赶赴、参与这一场"诗和远方"的对话。

春夏之交，蜜橘之乡黄岩一年中美丽的季节。夜晚的柑橘种源基地热闹非凡。橘花最后的花期还未过，仍有一些在挽留着季节，眷恋地开着。淡紫色或纯白色，显得很是夺目，像是从天空中掉落下一颗颗最微小却闪亮的星星。深深呼吸细闻，依然嗅到那浮动的独特暗香，浓郁、甘洌而又清新。

此刻，透过打字的指尖，我欣然回到那几日的时光。那个夜晚，阵雨后放晴的天气，空气的清新与美好扑面而来。星空下的黄岩柑橘种源基地园内，当地热情的村民们也都围聚来了。我们

我的身体闻到了橘花清香

也在人群里，一起去往活动演出现场。在适宜步行、长长的木栈道上走着，又一次感受什么叫摩肩接踵济济一堂……那烟火气，腾腾向上的气息全是富有朝气的热爱与憧憬……而往稍远处看，柑橘博览园里的桥下，江水上静静摇晃的小小橘灯，又是那么安静。这一静一闹的鲜明对比相得益彰。加上四周的田间，一片片蛙声此起彼伏，轻易就碰触到我心底最朴素真实的情感，久违而又亲切的蛙声，使我这个从小有乡村生活经验的人内心盛满感动与乡愁。哦，我童年时的那个乡村，记忆中也有蛙鸣，然而沧海桑田，那个地方如今已变成一个热闹的商业区——万达广场了。真的有好久好久，我没有听到蛙鸣声了……来不及多想，我收回思绪，和朋友们一起随人潮向前。

随后的诗会现场，更是点亮了橘园的整个夜晚。自发赶来的村民们，里三层外三层，他们热情喜悦，真是嗨翻了活动现场。别出心裁的诗会演出，以橘花的五瓣花蕊为序，以古今黄岩本土优秀诗篇为内容，诗音画、情景朗诵、舞蹈表演等艺术形式，应有尽有。连我这个在无锡市文旅局供职、看惯了这些个场面的人都觉得好，感到黄岩人努力而又用心。

"后皇嘉树，橘徕服兮。受命不迁，生南国兮。深固难徙，更壹志兮……"屈原的《橘颂》已经吟唱了两千多年，那晚在黄岩柑橘种源基地的演绎唱响，别有一种震撼人心的感染力。与在场的作家诗人、当地村民朋友们沉浸其中，领受并陶醉于这一场经典诗词文化的盛宴，体会了黄岩橘文化的深厚内涵。

这样的场景让我感到此趟橘乡之行充满着美好与诗意。平日里，我也算是个比较喜欢安静的人，但在那一刻，那个夜晚，我清晰感到，其实自己偶尔也喜欢热闹。独乐和众乐，均不可缺呢。

"缅怀先贤文人，传承诗词文化，坚定文化自信。以诗颂橘，以文会友。从1983年开始，一年一度的橘花诗会，在每年橘花飘香时节便从未缺席。"黄岩区文联主席王野介绍。王野主席接着说，今年已是橘花诗会举办的第四十个年头了，黄岩是闻名遐迩的"蜜橘之乡"，世称蜜橘之源，已有一千七百多年的蜜橘种植历史。小小的蜜橘，对于黄岩人来说，是最独特的存在，而橘花，则是橙黄橘绿外的美丽馈赠。

著名诗人、中国作协诗歌委员会主任、中国作协原副主席吉狄马加表示："全世界有很多柑橘产区，也有很多和橘子、橘树、橘花、橘林有着精神联系的诗人和作者，黄岩有基础和条件举办以橘花为主题的国际性诗词活动。"他祝愿黄岩能继续汇聚起更多的诗和远方，一起参与到乡村振兴的文明建设，推动地方文化与经济的共同发展共同富裕。

永宁江岸橘花香。我记下了那个黄岩夜晚的月白风清。

到达宁溪镇古老的乌岩头村时，我收到了黄岩热情的小友叶晨曦发来的微信：麦阁老师，今天你们去的几个点，都是黄岩西部山区，其实围绕着一个水库，叫长潭水库。水库下面，有一个叫乌岩的千年古镇，当年建水库时淹没在水底了。留出来的周边几个乡镇，曾经属于乌岩区，现在也是历史悠久。宁溪镇这个千年古镇文化很特别，别看它是个镇，却是山里人的城，它有自己独特的文化,比如天下元宵都是正月十五,宁溪却是二月二灯会,还有独特的美食麦鼓头、番薯粉条、番薯粉糕等等,还流传了一首宋代流传下来的宫廷音乐,叫作铜锣。另外,此地历史名人也特别多。

  我立即回复她:好的谢谢。

  毛毛细雨无声而轻柔,如烟似雾滋润着这里的一切,沉浸其中,让人心生安静与柔软。这里就像是一个世外桃源,村子里保留了清朝时的建筑,最古老的已有三百年的历史。村子前一座石桥和几间四合院,一起见证了时间的苍老。当地朋友说,除了这乌岩头村,在黄岩的其他地方,怕是很难看到保留得这么完好的建筑群了。这里民风热情朴实,在振兴乡村的进程中,他们也紧跟步伐不愿落后,依靠自己的智慧,在那里注入新的血液。如今,那里有民宿、有滋有味的农家乐、精致的手工体验馆、民俗博物馆,那里有清新的空气、清亮的涧水……行走在乌岩头村的时间,缓慢、惬意,不急不躁。而如烟飘着的毛毛细雨也仿佛是善解人意,与人心怀默契,直到我们从那里离开,雨也是无声而轻柔,始终克制着没有下大,给了我们许多方便。当地朋友这样说,如是夜晚住在那里,会看到夜空中的星星特别大、特别亮。

  走过黄岩宁溪镇古老的乌岩头村,走过头陀镇双楠村红糖基地和屿头乡沙滩村,印象里,时不时就会迎遇出现在面前的一株株古树,都是上百年或近千年,黑褐的树杈粗壮高大,而长出的新叶又是脆脆的嫩绿,毛茸茸的可爱,仿佛是小小婴孩稚柔的四肢,人心能够感觉它们在一刻不停伸展、变化中。

橘灯照亮家园

屿头乡沙滩村，距黄岩城区大概半小时车程。整个村子沿溪而建，典型的江南水乡特色。境内的南宋古刹太尉殿，占地有两百多平方米，殿前偌大的场地上古樟参天。旁边还有长长的沙滩老街，两旁各种店铺林立，据说这里先前就是集镇的商业中心。

我还记得那天中午吃了食饼筒，那也是黄岩的特色美食，我吃的是原味，也有各种菜汁制成的，可以用其包卷上各种菜肴吃，很香，黄岩人的习俗，立夏是要吃食饼筒的，那天刚好是立夏。

海拔七百余米的黄毛峰，是黄岩西部环长潭水库的最高峰。据了解，每年五月至十月，库区蒸腾的水气环绕在半山腰，形成蔚然云海，站在高处远眺，峰峦叠嶂，美不胜收。而这里便是"天空之城"所在。黄岩平田乡"天空之城"，作为此次采风行走活动的站点之一，天高云淡、茶香悠悠本是预期中的景色。而我们到达的那天，天公却下起了雨。新鲜的空气使人自觉地吐故纳新，山腰间茶香四溢。"天空之城"整个被水雾缭绕、包围，照样美得如烟如梦如幻。

下雨并没有阻碍率真的作家诗人们行走的脚步。随遇而安，雨来便听雨，感受一番这雨中景致，岂不同样美哉。走累了的朋友们，就在"天空之城"的茶室里，三五成群，或听着音乐围炉煮茶，愉快地闲聊，或继续选择另一个方向雨中漫步，和花草树木交谈，和内心的自己对话，自得其乐。

天空之城 （徐建国 摄）

橘灯照亮家园

我的身体闻到了橘花清香

"天空之城"占地面积三百余亩。是一个诗意、浪漫、人与自然和谐相处的文旅项目。"天空之城"内设的游步道、木屋、风车、太空舱、沿山观景台等等,无一不给我留下深刻印象。一株站在雨中正长着新叶的罗汉松不知怎么打动了我,它一身的树叶竟然有三种不同的绿色,嫩绿、翠绿和墨绿。那一刻我丢开理性跑进雨中,站到它的身边,请朋友给我和雨中的三色罗汉松合了一张影。一次不一样的山野之旅,仿佛我也感到自己莫名被注入了新的活力。

位于永宁山脉西面谷地的九峰公园,是一个免费开放的国家4A级景区,刚停下赶赴它的脚步,就深深感受到园区扑面而来的古朴与迷人气质。这种气质是九峰公园特有的,是时间赋予它的,同时又是它自己的。第一个映入眼帘的,就是如今作为全国重点文物保护单位的瑞隆感应塔,我仰面注视,顷刻被震撼到了。想都没想,我举起手机将它拍摄了下来。接着我了解到,诞生于宋代开宝年间的瑞隆感应塔,距今已有一千多年的历史,是园内最老的建筑。除此公园内还有九峰书院、陈叔亮书画馆等。

九峰公园因三面有九个山峰而得名,总面积106公顷,其中山林面积占98公顷。公园早在1959年就正式建园了,是浙江省开园最早的县级公园,自然环境清幽。园外青山环抱,园内溪水蜿蜒,亭台楼阁掩映,人文景观和自然景观相得益彰,文化底蕴深厚,承载了许多台州人的回忆。

从乘坐的车上下来,一眼就看到了五洞桥,它站立的姿势苍劲、古朴，飘逸而充满诗意。

早晨的空气清新透亮。阳光的斑点闪烁，洒在黄岩大地，洒在五洞桥上，洒在桥下清澈的水面上。这是天地间的一幅最美水墨画……我清晰记得，是在那里，我在一个忽然间抬头，发现上方的天空是那么蓝，蓝得让人心醉，让人心生莫名感动。

吹着季节送过来的风，我走上古桥，光滑的青石板，两侧略有残缺的莲花望柱和栏板，它们以古老诉说着往昔的历史。走进这样的水墨画里，人也成了风景。我和好朋友心怀默契，一时间都不想走了，在桥堍坐下来，哪怕只是短暂一刻，而心灵获得的宁静与慰藉，也珍贵无比。

时光回到九百多年前的大宋，这里是本土生活在西面的百姓进出县城的必经之地。宋元祐年间，知县张元仲（字孝友）率众在西江河上垒石为桥。为铭记张知县的功绩，黄岩百姓将这座桥命名为孝友桥。

不到百年，孝友桥受激流冲击，开始倾塌。重建的石桥有五个桥洞，桥面五折起伏，被称为五洞桥。后来，五洞桥虽经过多次修复，但主体架构未改动，保留了八百年前的样式。这个名字也一直用到了今天。

见证黄岩城在岁月中的变迁，陪伴一代又一代黄岩人从古走到今的五洞桥，经历了无数的世事沧桑，好像是褪去了俗世铅华，眼前的五洞桥，它以素颜的模样，让那个早晨与它相遇的我，觉得赏心悦目，想要由衷赞叹，致敬时光。

瑞隆夕照－黄岩九峰公园 （梁雷宾 摄）

橘灯照亮家园

我的身体闻到了橘花清香

黄岩鉴洋湖美景 (牟柳静 摄)

    桥对头是桥上街，与五洞桥相依相偎，街也因桥而名。黄岩地势西高东低，这里的人们称西为"上"，因而将桥西的街命名为桥上街。以前，黄岩人从城里往西，出城门，经过五洞桥，再穿过桥上街，街上都是各式店铺，南北杂货等应有尽有。"外面那条道是环城西路，这一带以前很辉煌的。"叶晨曦是个热爱家乡、了解家乡历史的女孩。写作此文，她向我热情提供了不少相关资料。

    微风吹拂，河水从五洞桥下清清流过，水面波光粼粼。偶有白鹭飞过天空，尽显一派岁月静好。

    一座桥，连接着水的此岸和彼岸，故乡和他乡，连接了岁月的过去与未来。五洞桥已然刻满了岁月的痕迹，却又处处充满了勃勃生机。它也必将陪伴着黄岩人，走向新的辉煌。

    写到鉴洋湖，我记起叶晨曦曾私下向我介绍：黄岩有两个地

橘灯照亮家园

方比较独特,一个是宁溪,一个是院桥,别看只是个小小的镇,但都是千年古镇,不比一座城差。宁溪因为在山区,又因为唐大理寺少卿王从德始迁后发展起来,有独特的文化。而院桥,是因为东汉时期的东瓯国和再之前的徐国。徐国灭亡后,王室这一脉逃亡到黄岩院桥这一带,在院桥边上的大唐岭建了王城国都。有三百多年历史。那时鉴洋湖一带都是东海的一部分,还是海,徐国人在这里祭祀,回望故土。

以前的院桥有着特殊的地理优势,从其他地方去往温州雁荡山等地的人们,都要经过院桥,院桥是交通要道。据资料载,徐霞客游记也写过院桥,李清照也到过院桥,还有许多的文人也都到过。所以院桥和宁溪这两个地方的历史底蕴特别深厚。

鉴洋湖以前是东海,后来退成了湖。有说沧海桑田这个成语,源自麻姑和王方平的对话。王方平是历史上比较有名有影响力的道家仙人,他在黄岩山修道成仙,这是黄岩的历史背景。

我的身体闻到了橘花清香

鉴洋湖湿地公园就位于黄岩区院桥镇东南约五公里处。湖区三面环山，地形独特，森林覆盖率超过60%，是台州市最大的内陆湿地。2009年，鉴洋湖湿地公园就被国家住建部批定为"国家城市湿地公园"。

在我读到的一篇关于鉴洋湖的文章里，还有这样的介绍：据传，鉴洋湖水原是一片浑浊的咸水，一天，天上的王母娘娘对镜梳妆完毕，服侍的仙女整理梳妆工具时，不小心让宝镜从天上跌落下来，正好掉在鉴洋湖里。宝镜入湖，湖水由咸变淡，由浑变清，清澈见底的湖水倒映出湖光山色，恰如一面大镜子，后来，这里的人们就把这个湖称为鉴洋湖。

那日面对我所相遇的鉴洋湖，果真感到美好犹如幻境。薄薄的雾岚在阳光下缥缈如云，又似水汽轻烟缭绕，浮游在湖的上方，若有似无却让人陶醉。风一吹，带着湖水独有的味道入人心魂。一丝丝、一缕缕，那是时光的回声与馈赠。

"江南可采莲，莲叶何田田……"江南的莲自古都是诗意的存在。在园内放眼望去，视野开阔。荷塘一片接着一片，荷叶嫩嫩的卷叶正在季节里舒展，一簇簇，一丛丛，缓缓地展开。在时间里，她们拥有着自己的优雅从容。她们与世无争，只是遵从内心而向外绽放。她们出淤泥而不染，摇曳在天地间。

我停在了这里，停在这如梦的山水画前。阳光照耀着鉴洋湖周围的一切，空气中、草地里、泥土上，处处都弥漫着淳朴清新的气息，又自然携带着那一缕仙气。时间似乎有片刻的静止。我举起手机，对着远处拍照，水天交接处荷在摇动，天空的云朵，

橘灯照亮家园

鉴洋湖上的镇锁桥 （刘阳 摄）

那么白，那么柔软，我走到哪儿，好像她们就跟到哪儿。

泛舟在鉴洋湖上，十里碧波，湖水缓缓流淌，湖畔植被茂盛，花香四溢，一幅安逸宁静的山水图，就这么宽银幕式的自然展露、呈现着，让人感到有道不尽的情愫。芦苇站在水中轻轻荡漾，水天一色之间，同游的友人们畅谈古往今来，多少文人墨客以山水为寄忘记归途，殊不知那一刻自己也已是其中的一个。

船在湖中游荡，我坐在舱前，恰好此时一只白鹭从湖的上空飞过，我在心中暗自向它问了个好。

一拱连着一拱的镇锁桥默默不语，锁住了这里的光景，这里的故事，时间的历史也从不曾将这里遗忘……船靠岸，晚霞满天，鉴洋湖的故事还未完，而我是过客，不得不匆匆离开。

黄岩文化底蕴浓厚，咏橘文化、儒释道文化、宋韵文化、青瓷文化、书院文化、和合文化等等，都可以说得上是源远流长。并有"东南小邹鲁"之称（宋朝，黄岩共有进士184人），据史料载，唐代大诗人李商隐幼年曾就读于黄岩西乡灵石寺，元末文史学家陶宗仪曾隐居黄岩，众多有影响的词人墨客，都与黄岩血脉相连。

"近年来，黄岩区委区政府坚定不移实施黄岩文化复兴战略，以文化人、以文促旅、以文塑城，文化软实力和文化影响力持续提升。"黄岩区委书记包顺富说。橘花诗会举办四十周年了，他希望借诗会之机，再次掀起黄岩文学的发展热潮，为黄岩推进新时代文化工作、增强区域综合竞争力注入强劲动能。

闻名遐迩的蜜橘之乡黄岩，已有一千七百多年的种植历史。如今，柑橘种植也早已从"靠天吃饭"神奇变化为"知天而作"……他们正实施着"中华橘源"行动，让高科技和人才成为黄岩蜜橘产业振兴发展的中坚力量，像智能大棚、物理防控、数字化种植等多种先进技术，让我们看到了黄岩人的智慧和与时俱进的努力。

乡村振兴蝶变，物产本就丰饶的黄岩，在推进美丽乡村建设的进程中，还建有全国首家同济·黄岩乡村振兴学院。世称蜜橘之源的浙东黄岩，被授予中国蜜橘之乡、中国杨梅之乡、中国枇杷之乡的称号。他们对生活火一样的热情，也感染了我、激发了我这个初到黄岩的异乡客想要利用好这些丰富素材，以自己的笔墨为今天的黄岩记下一页。

黄岩柑橘种源基地、宁溪镇乌岩头村、屿头乡沙滩村、平田乡天空之城、黄岩博物馆、五洞桥、九峰公园、大有宫、鉴洋湖湿地公园、朵云书院（黄岩店）……一路走来，让人收获

橘灯照亮家园

的不只是景，还有这个地方新相识的朋友。我想，诗和远方——应该是相对的，所以诗和远方是属于所有人的，行走和相遇，也正因此而更加美好而充满意义。

  从一朵朵小小的橘花出发，浙东黄岩，它独有的文化与风土人情让我印象深刻，它深邃的历史令我想象神往。一朵小小的橘花，让我感慨、沉醉与凝视，而在这里相识的人们，也是那么诚挚善良，让我感到美好可亲。写作此文的过程，有好几个瞬间，我的身体又真真切切，闻到了那橘花的清香……

康 岩

醉在乌岩头

乌岩头在哪儿？

翻开浙江省地图，知道它是台州市黄岩区宁溪镇西北角的一个传统村落。在人文鼎盛的浙江，类似的老村子其实也有。这些村子大多都拥有数量不少的文物古迹，规划整齐的明清遗留下来的老房子，也鳞次栉比，依着山脉的走向排列开去。她们也大多被青山绿水、茂林修竹环绕，行走其间，眼前是青翠的草地和竹林，耳畔是清脆的鸟鸣与虫叽。现在居住在城市里的人，嘴上都喊着复归乡村、亲近自然。在浙江，这样的想法是十分容易实现的。那么，乌岩头的魅力，较之于其他乡村，究竟何在呢？

走在乌岩头稀稀落落的青石板道上，与那些清代、民国时期留下的古民居为伴，心里总会生出今夕何夕之感，村里传统民居多就地取材，或由石块垒砌墙基，或直接以石为墙，延续了南方建筑畚斗楼的营造法式，没有烦琐的装饰，宛然天成的肌理，淳朴至极却又韵味十足。走了一段时间，我发现，原来不到乌岩头，真不知人是会醉在这里的。

你首先肯定会醉在乌岩头美妙的空气中，因为这里的空气，除了清新无杂质，更重要的是充盈着柑橘的味道，这份搅动鼻尖

醉在乌岩头

乌岩头古村（黄玲琴 摄）

的香甜，是别处很难找到的。乌岩头村所在的台州黄岩，是世界上最古老的柑橘产地之一，拥有一千七百多年的柑橘栽培历史。翻查史书会发现，黄岩蜜橘在唐朝时就被列为朝廷贡品。如果你闻惯了杭州的十里桂花香，赏遍了湖州的纷纷银杏雨，那么就来乌岩头，敞开鼻息，自由地呼吸着山间的酸甜与清爽吧。那黄澄澄的蜜橘，密密匝匝地挂在枝头，成群结队地连成一个庞大的仪仗队，恍如一个个散落人间的小太阳，渲染出半个大地的金黄。他们集体散发出阵阵清香，给群山环抱的小村庄增添了独特的香味标志。是啊，澄江如练不稀奇，阡陌纵横也多见，层层叠叠的山山水水，更是多如牛毛。但独这一份碧林幽谷中的蜜橘的清新香甜，却是乌岩头抹不去的存在，让人久久流连。

  品赏完柑橘的清香，你肯定还会陶醉于乌岩头丰富的人文历史中。你会惊讶地发现，这么一个小小的村子深处，居然藏着一间规模不小的民俗博物馆。它是村中最大的一座四合院——晚清陈熙瑛、陈熙浩、陈小梅三兄弟的旧宅，如今，被改造成民俗博物馆。里面陈列着农民收藏家俞玉林收藏的民俗展品，共七百多件。展品大多是民国时期的生活用品、名人字画、艺术藏品。还有一些历经岁月的洗礼但至今仍然精美绝伦的老物件，比如千工轿、雕花大床、鹿角太师椅、扛箱等。村子里的博物馆，藏品也都很接地气，展出的都是与旧时代生活息息相关的老物件。看着这些有些破旧甚至破败的展品，你一点都不会觉得它们肮脏或丑陋。它们与故宫博物院、国家博物馆里那些呈贡于庙堂的典雅之物各有特色。它们身上，记载的是小村小民真实岁月的点点滴

醉在乌岩头

滴，充满着活的生气、活的味道、活的韵味，是活生生的人间美学。它们身上，丝毫没有高高在上的威仪感，没有闻经说道的冬烘气，它们就是旧时人家的生活方式、生活原貌、生活底色，如今给到来的游人复现出一幅生龙活虎的艰辛度日的图景。

据工作人员介绍，博物馆的拥有者俞玉林，十五岁时带着三分钱离家，单靠双脚从黄岩走到山西大同煤矿打工，路上用了整整九十三天。后来，他深耕农业，积累了巨额财富，成为人们口中的成功人士。只上过九天学的俞玉林，靠着自学，在收藏、建筑、中医、武术、周易研究等方面颇有研究，便想着用文化回馈乡里。2015年，俞玉林开始在黄岩西部山区搞综合性山水一体乡村旅游，民俗博物馆作为其中一项便诞生在乌岩头的青山绿水间。浙江这片土地，似乎很适合用来谈论千百年来人文与经济的精致调和、相得益彰。对于如今各地都在发力的美丽乡村建设而言，如果说文化是乡村的强音，那么经济就是发展的基调。以浙南为代表的江南地区，更能看出文化影响人的创造，从而将腔调注入基调，融成独特的物质和精神发展成果。乌岩头村的祖祖辈辈，从农业的"耕读传家""崇文重教"中汲取生长的营养。到了近代，又从工商业的"重工重商""精致精细"中成为引领美丽乡村建设发展的旗帜。真是应了中国那句老话：耕读传家躬行久，诗书继世雅韵长。

离开乌岩头时，东边的太阳还没有落往西边。山林间青烟袅袅，站在一个村头高地，放眼望去，前方的市镇渺渺茫茫，依稀可辨。江水绕村，形成一个婉转的格局。溪流穿村，破开一条高高低低的水路。风吹过江面,泛起了微微的涟漪,像是古代的仕女身上那条轻曼的绸缎,在软软地随风招摇。有自然风景,又有诗书韵味,来这样一个乌岩头,岂能不醉?

醉在乌岩头

我正寻花花尽落

丁鹏

很久以后，我回忆起那一次独特的"寻花"之旅。

为了去看一树花而奔赴一座遥远的城，这是极致的浪漫。我没有这么浪漫，必须得有一点机缘，才能奔赴这一场盛宴。

那时我正处于困顿中。所谓居大不易，常年客居京华，不免有"斯人独憔悴"之感。也曾少年意气，渴望有所作为，终是时运不济，理想与情怀都无处寄托，令人茫然。

我的死水一般的生活，需要几许微澜。

恰逢友人邀我去黄岩观赏橘花。所谓橘花诗会，使我联想到大观园中举办的海棠诗会，透过百花，欣赏人生以外的另一种生命样态；以诗之名，照见虚无却富有诗意的生命意志。

众所周知，橘子是最常见的国民水果。小时候家贫，但每逢过年，也吃得起几斤橘子。寒冬腊月，长白山区只剩下皑皑白雪。只有橘子里间或有几枚绿叶，包含着我对南方最初的想象。

小时候吃橘子时，我总是把橘络剥得干干净净。母亲见了，告诉我橘络是橘子最有营养的部分，于是很长一段时间我都不再剥橘络。后来我查到，橘络确实有行气通络、化痰

我正寻花花尽落

止咳的说法。但如今的我并不需要这种"营养",我需要口感所代表的生活品质。但有一天,也许我怀念母亲时,我仍愿意吃橘络。

前不久回老家过年,父亲让我抱一箱橘子送给邻居。父亲说今年的橘子贵,一箱要七十多块。七十多块不过是我在北京的一两顿外卖,换成橘子,就变成了农村人过年体面的礼物。这么多年过去,乡亲们仍旧把橘子郑重地装在盘子里,连同瓜子、花生和糖果,这是过年才有的仪式感。就像城里人把车厘子装在盘子里,招待客人一样。

我猜我父亲和祖父都没吃过车厘子,也不会理解有人会花一箱橘子的钱去吃一斤车厘子。

后来我去了父亲和祖父都没有去过的南方,见到了"江南有丹橘,经冬犹绿林"。却从未想过,橘花是什么样子。就像橘子没有橘花,就像有些人似乎生来成熟,从未有过芳华。

那是我第一次去台州,先是雨后初晴,后是连绵阴雨。

其实,对于诗会,我并没有过高的期待,做诗歌编辑多年,我已参与过太多。

孔子说:"诗可以群。"所以一年总有几场热热闹闹的诗会。但诗人大抵是孤独的,诗会也是。新朋旧友一起出游、一块饮酒、一处吟诗、一拍两散。何况诗会对有的人是雅趣,是"桃李春风一杯酒"的酒;对有的人是目的,是"江湖夜雨十年灯"的江湖。正所谓"有人辞官归故里,有人星夜赶科场"。外人看是"痛饮狂歌空度日",一转身,是"举杯销愁愁更愁"。

　　当主办方拉着我们到"中华橘源小镇",却发现橘花已尽数凋落。当地的朋友说,橘花开的时候,满城都氤氲着暗香。正是我们抵达之前的那一场雨,带走了我们对橘花的满心憧憬。就像宝玉所说,人生总是如此,虚无缥缈,风流云散。"我正寻花花尽落。"

　　我不是一个乐天的人,所谓"牢骚太盛防肠断"。我总是怀抱着三千年来的诗人们对时间的焦虑,焦虑是因为人类能如此清晰地看见自己的终点。焦虑是因为人类发明了意义,追寻着意义,却遮蔽了生命自身的美丽。其实,活着就很好,人生何必有标格。

　　但我也并非信奉及时行乐,我的身上有着现代人的卑琐。因为从未有过三闾大夫的自信,所以无法体会众人皆醉的孤独,"苏世独立,横而不流兮。"所以我从未拥有橘花,即便我正在写着有关橘花的散文。橘花依旧是屈原的,"绿叶素荣,纷其可喜兮"。

　　但毕竟是"建业旧长安"的江南,橘花诗会处处透着风雅。我确实没想到深深的橘林里还藏着亭子,有人在亭子里弹奏素琴。经过一座桥时,我看到三个孩子在制作小橘灯。周围挤满了大人,纷纷拿出手机,像是在记录自己的童年。

　　我想起小时候,常常盼望着停电,因为停电就可以点燃蜡烛。就可以守着一根蜡烛发呆,在对火的崇拜中,仿佛收获了某种魔力和启示。直到今天,我依旧喜欢在写作的时候点燃香

我正寻花花尽落

薰蜡烛，有时候嫌香薰蜡烛太贵，就只点最普通的蜡烛。火焰在跳跃，我的指尖，也在键盘上舞蹈。

我又想起父母的烛台，印象中总是落满灰尘。我猜测是他们结婚时置办的，是他们感情的见证。如今，他们已分居了二十年。也许有一天，我也会和我爱的人点燃烛光，也会为我们的孩子做一盏小小的橘灯。

橘花诗会的启动仪式是开放的，挤满了围观的群众。节目中有一个舞蹈叫作《橘颂》，舞蹈演员们梳着高峰髻，服装的颜色从青绿渐变到橘黄，长袖舞动，像后皇嘉树，也像翻飞的蝴蝶。也许绝大多数观众都没读过屈原的《橘颂》，但并不妨碍他们能欣赏现代的舞蹈。也许只有文人才讲求格物，迫切地探求哲理。其实道理，生活已经教给我们太多，普通人能从艺术中得到愉悦，就足够了，这即是"纯诗"。

启动仪式开到很晚，直至围观的群众渐渐走散。于是剩下的诗人像是在独自表演。

之后的行程，都是在连绵阴雨中进行。去了双楠村的红糖基地，但五月的甘蔗地能见到的只是甘蔗的根，我对着历史悠久的根须看了又看，也未能看出些名堂。之前是"我正寻花花尽落"，这次是"君生我未生，我生君已老"。与人间四月天不同，五月确实是尴尬的月份，甚至像海子笔下的麦地布满哀伤。

美如画的是乌岩头村。我们在细雨中，循着小溪，走进有着三百年历史的古村落。迎面看见的是一块连着溪岸的黑色巨石，像要截断湍急的水流，又宛如一面屏风，守护着身后的宁静。走过"屏风"，随处是绿树掩映着斑驳的石墙，幽深的巷子令人迷失。或者登上木楼，看烟雨中的灰瓦，感叹着江南在兹。

在一座大的四合院里，存放着各种各样搜罗自民间的古董。这些古董的主人是一位农民出身的企业家，收藏的也大都是观音、佛首之类，体现着民间意趣的文物。神奇的是这里还收藏有一幅复制版的千里江山图，被郑重地用玻璃罩了起来。走出明堂，看见天井铺地石的缝隙长满地坪草，地面像是一口漂满浮萍的池塘。

在这座建筑为明清时期的古村落里，依然居住着不少村民。当我拿着手机到处拍照时，突然看见一位梳着两根麻花辫子的老人，她的头发乌黑而浓密，使得我猜不出她的年纪，只感到一种朴素的美。我想到的却并非同样梳着麻花辫的外祖母，我觉得更像是年老的三毛在望向我。

我最期待的也是最后的景点，是黄毛山顶的天空之城。宫崎骏的动画曾治愈了我整个青春，我想象着在天空之镜上打卡拍照。然而大巴登上山顶，却发现风雨大得连伞都撑不开。路旁龙猫的雕塑在雾中若隐若现，而我们只能挤在一间木屋中喝茶取暖。坐了很久，手机也没电了，虽然我只穿了件薄薄的衬衫，还是决定走出去看看。结果没走多远就冻得瑟瑟发抖，我在一架风车下站了一会儿就回去了。

下山时天已经黑了，而雾气却愈发浓重。山路崎岖、能见

四季黄岩（孙佳茜 摄）

度低、雨后路滑又是夜间行车，归程似乎充满了危险。曾担任过《诗刊》副主编的冯秋子老师像一位家长，提醒司机慢慢开，提醒我们系安全带，并为我们全车的人祈祷。我想，这次的旅程，真的带给我完全不同的体验。这是真正诗人的旅途，充满了隐喻和象征。

回到北京，我想写点什么，却迟迟未能动笔。最初是想写一首名为《黄岩雾中》的诗。当最终写下这篇散文，已经过去了大半年。我怀念少年时代，有着无穷的表达欲，仿佛我的话十分重要，仿佛我能一言兴邦。我发觉成熟并没有使我变强，反而令我更加委顿。

我如临深渊、如履薄冰，像一个失语者。我想起我外祖母，在得了脑梗以后出现的语言障碍。当我听到她说着破碎而混乱的话，越着急越词不达意时，我感到某种恐惧，躲开了她。等再见到她时，她已经成为一具冰冷的遗体。我抬着她的棺材，像抬着一个再也不能被破解的甲骨文。

我想，我该重新开始写作，即使我笔下的词句毫无意义。

我正寻花花尽落

主编简介：

吉狄马加，中国当代最具代表性的诗人之一，同时也是一位具有广泛国际性影响的诗人。其诗歌已被翻译成近四十种文字，在世界几十个国家出版近百种版本的翻译诗文集。

主要作品：诗集《火焰上的辩词：吉狄马加诗文集》《应许之地》《初恋的歌》《鹰翅与太阳》《身份》《火焰与词语》《我，雪豹……》《从雪豹到马雅可夫斯基》《献给妈妈的二十首十四行诗》《吉狄马加的诗》《大河》（多语种长诗）等。

曾获中国第三届新诗（诗集）奖、郭沫若文学奖荣誉奖、庄重文文学奖、肖洛霍夫文学纪念奖、柔刚诗歌荣誉奖、《人民文学》诗歌奖、《十月》诗歌奖、国际华人诗人笔会中国诗魂奖、南非姆基瓦人道主义奖、欧洲诗歌与艺术荷马奖、罗马尼亚《当代人》杂志卓越诗歌奖、布加勒斯特城市诗歌奖、波兰雅尼茨基文学奖、英国剑桥大学国王学院银柳叶诗歌终身成就奖、波兰塔德乌什·米钦斯基表现主义凤凰奖、齐格蒙特·克拉辛斯基奖章、瓜亚基尔国际诗歌奖、委内瑞拉"弗朗西斯科·米兰达"一级勋章等奖项及荣誉。

曾创办青海湖国际诗歌节、青海国际诗人帐篷圆桌会议、凉山西昌邛海国际诗歌周及成都国际诗歌周等。

橘灯照亮家园
JUDENG ZHAOLIANG JIAYUAN

图书在版编目（CIP）数据

橘灯照亮家园 / 吉狄马加主编. -- 桂林：广西师范大学出版社，2024.9. -- (华夏之旅丛书).
ISBN 978-7-5598-7126-8

Ⅰ. I267

中国国家版本馆CIP数据核字第2024821DT2号

广西师范大学出版社出版发行

广西桂林市五里店路9号　　邮政编码：541004

网址：http://www.bbtpress.com

出版人：黄轩庄

全国新华书店经销

天津裕同印刷有限公司印刷

　天津宝坻经济开发区宝中道30号　邮政编码：301800

开本：635 mm × 965 mm　1/16

印张：14　　字数：100千

2024年9月第1版　2024年9月第1次印刷

定价：118.00元

如发现印装质量问题，影响阅读，请与出版社发行部门联系调换。